Goosebumps®

Goosebumps®

Goosebumps®

雞皮疙瘩 32

海綿怪客

It Came From Beneath the Sink!

R.L. 史坦恩（R.L.STINE）◎著

陳芳智◎譯

致台灣讀者

讀者們，請小心……

我是Ｒ・Ｌ・史坦恩，歡迎到「雞皮疙瘩」的可怕世界裡來。

你是否曾在深夜裡聽到過奇怪的嚎叫？你是否曾在黑暗中聽到腳步聲——卻根本看不到人？你是否見過神祕可怖的陰影，幽幽暗處有眼睛在窺視著你，或者身後有聲音叫你的名字？

如果是這樣，你應該了解那種奇特的發麻的感覺——那種給你一身雞皮疙瘩、被嚇呆的感覺。

在這些書裡，幽靈在閣樓上竊竊低語；膽顫心驚的孩子忽而隱形；稻草人活了，在田野裡走來走去；木偶和布娃娃也有生命，到處嚇人。

當然，這些都是磨礪心志的好玩的嚇人事。我希望你們感到害怕，同時也希望你們大笑。這都是想像出來的故事。當然，最可怕的地方在你們自己心裡。

過個害怕的一天吧！

出版緣起

人生從奇幻冒險開始

何飛鵬
城邦媒體集團首席執行長

我的八到十二歲是在《三劍客》、《基度山恩仇記》、《乞丐王子》中度過的。可是現在的小孩有更新奇的玩具、電玩、漫畫，以及迪士尼樂園等。

八到十二歲，正是孩子從字數極少、以圖畫爲主的繪本閱讀，跨越到漸漸以文字閱讀爲主的時期。也正是訓練孩子從圖像式思考，轉變成文字思考的重要階段。在這個階段，養成長期的文字閱讀習慣，能培養孩子敘事、分析、推理的邏輯思辨能力，奠定良好的寫作實力與數理學力基礎。

然而，現在的父母擔心，大環境造成了習於圖像、不擅思考、討厭文字的一代。什麼力量能讓孩子重回閱讀的懷抱呢？

全球銷售三億五千萬冊的「雞皮疙瘩」，正是爲了滿足此一年齡層的孩子的需求而誕生的！

無論是校園怪奇傳說、墓地探險、鬼屋驚魂，或是與木乃伊、外星人、幽靈、吸血鬼、殭屍、怪物、精靈、傀儡相遇過招，這些孩子們的腦袋裡經常出現的角色或想像，經由作者的生花妙筆，營造出一個個讓孩子們縱橫馳騁的魔幻時空、光怪陸離的神奇異界，經歷各種危急險難，最終卻又能安全地化險爲夷。這樣的冒險犯難，無論男孩女孩，無不拍案稱奇、心怡神醉！

本系列作品被譯爲三十二種語言版本，並在全球數十個國家出版，創下了出版史上多項的輝煌紀錄，廣受世界各地孩子的喜愛。作者史坦恩表示，這套作品之所以成功，是因爲多年的兒童雜誌編輯工作，讓他對兒童心理和兒童閱讀需求有了深刻理解——他知道什麼能逗兒童發笑，什麼能使他們戰慄。

我們誠摯地希望臺灣的孩子也能和世界上其他的孩子一樣，有更豐富多元的閱讀選擇。更希望藉由這套融合驚險恐怖與滑稽幽默於一爐，情節緊湊又緊張的「雞皮疙瘩系列叢書」，重拾八到十二歲孩子的閱讀興趣，從而建立他們的閱讀習慣，擁有一個快樂學習的童年。

現在，我們一起繫好安全帶，放膽體驗前所未有的驚異奇航吧！

專文推薦

戰慄娛人的鬼故事

國立臺北教育大學語文與創作系兒童文學教授
廖卓成

這套書很適合愛看鬼故事的讀者。

文學的趣味不止一端，莞爾會心是趣味，熱鬧誇張是趣味，刺激驚悚也是趣味。有人擔心鬼故事助長迷信，其實古典小說中，也有志怪小說一類，《聊齋誌異》就有不少鬼故事。何況，這套書的作者開宗明義的說：「這都是想像出來的故事」，不必當眞。

既然恐怖電影可以看，看鬼故事似乎也無妨；考試的書讀久了，偶爾調劑一下，對頭腦卻是有益。當然，如果看鬼片會連續失眠，妨害日常生活，那就不宜勉強了。

雋永的文學作品，應該有深刻的內涵；但不少兒童文學作品說教有餘，趣味不足。只要有趣味，而且不是害人爲樂的惡趣，就是好的作品。鮑姆（Baum）在《綠野仙蹤》的序言裡，挑明了他寫書就是爲了娛樂讀者。

倒是內行的讀者，不妨考校一下自己的功力，留意這套書的敘事技巧，由主角「我」來講故事，有甚麼效果？書中衝突的設計與化解，是否意想不到又合情合理？能不能有不同的設計？會不會更好？這是另一種引人入勝之處。

導讀

結局只是另一場驚嚇的開始

耿一偉
臺北藝術節藝術總監
臺北藝術大學戲劇系兼任助理教授

不知道大家還記不記得，小時候玩遊戲，比如捉迷藏等，都會有一個人要當鬼。鬼在這個遊戲中很重要，沒有鬼來捉人，遊戲就不好玩。這些遊戲的關鍵特色，不是人要去消滅鬼，而是要去享受人被鬼追的刺激樂趣。所以當鬼捉到人後，不是遊戲就結束，而是下一個人要去當鬼。於是，當鬼反而是件苦差事，因為捉人沒有樂趣，恨不得趕快找人來替代。所以遊戲不能沒有鬼，不然這個遊戲就不好玩了。

在史坦恩的「雞皮疙瘩系列」中，這些鬼所扮演的角色也是類似遊戲中的鬼，給我帶來閱讀與想像的刺激。各位讀者如果留意一下，會發現在他的小說中，都有一個類似的現象，就是結局往往不是一個對抗式的終局，一種善惡誓不兩立，以消滅魔鬼為最終目標的故事——這比較是屬於成人恐怖片的模式，不是你死，就是人類全部變殭屍。但「雞皮疙瘩系列」中，你的雞皮疙瘩起來了，可是結尾的時候，鬼並不是死了，而是類似遊戲一樣，這些鬼換了另一種角色，而且有下一場遊戲又要繼續開始的感覺。

礙於閱讀的樂趣，我無法在此對故事結局說太多，但各位看完小說時，可以再回想我在這裡說的，就知道，「雞皮疙瘩系列」跟遊戲之間，的確有類似性。換另一個角度來看，這些主角大多為青少年，他們在生活中碰到的問題，如搬家面對新環境、男生女生的尷尬期、霸凌、友誼等，都在故事過程一一碰觸。

「雞皮疙瘩系列」令人愛不釋手的原因，也在於表面上好像主角是鬼，但讀到一半，你會感覺到，故事的重點不知不覺地從這些鬼怪轉移到那些被追的青少年身上，鬼可不可怕不是重點，重點是被追的過程中，一些青少年生活中的苦悶，也被突顯放大，甚至在故事中被解決了。所以你會在某種程度感受到，這本書的內容是在講你，在講你的生活，在講你的世界，鬼的出現，只是把這些青春期的事件給激化了。

另一個有趣的現象，是從日常生活轉入魔幻世界的關鍵點，往往發生在父母不在身邊，然後主角闖入不熟識空間的時候——比如《魔血》是主角暫住到姑婆家、《吸血鬼的鬼氣》是闖入地下室的祕道、《我的新家是鬼屋》是新家的詭異房間……等等。

因爲誤闖這些空間，奇怪的靈異事件開始打斷平凡無趣的日常軌道，一段冒險展開了，一場你追我跑的遊戲開始進行，而父母們往往對此毫無所悉，不知道自己的兒女在故事結束時，已經有所變化，變得更負責任，更勇敢。

「雞皮疙瘩系列」的意義，也在這個地方。在平凡無奇充滿壓力的青春期校園生活中，有那麼多不快樂、有那麼多鬼怪現象在生活中困擾著我們，但這無法跟家長說，因爲他們不能理解，他們看不到我們看到的。但透過閱讀，透過想像力所引發的鬼捉人遊戲，這些不滿被發洩，這些被學校所壓抑的精力被釋放了。

幸好有這些鬼怪的陪伴，日子不再那麼無聊，世界可以靠自己的力量改變。

終究，在青少年的世界裡，鬼怪並不是那麼可怕，在史坦恩的小說中，也往往會有主角最後拯救了這些鬼怪的情形，彷彿他們不是惡鬼，而比較像誤闖人類世界的外星人……這也是青少年的焦慮，他們正準備降臨成人世界，這件事讓他們起了雞皮疙瘩！！

這句英文怎麼說

我們家是個正常又快樂的家庭。
We were a normal happy family.

1.

我和弟弟在水槽下發現奇怪的小生物之前，我們家可說是個正常又快樂的家庭，而且運氣還超好的。

不過，當我們姊弟倆把這生物從烏漆抹黑的藏身處拉出來之後，全家的運氣馬上跟著走樣了。

這個悲慘而駭人的故事，得從我們搬家那天說起。

「我們到啦，孩子們。」當車子彎過楓樹巷街角，停在我們的新家前面，爹地高興的按了幾聲喇叭。「準備好要大搬特搬了嗎？凱兒喵喵。」

爹地是唯一可以稱呼我「凱兒喵喵」而不被責罵的人。我眞正的名字叫做凱翠娜（噁！）．莫頓，不過只有學校老師才叫我凱翠娜，其他人都簡單稱呼我爲

凱兒。

「那當然囉，爹地！」我大喊一聲，跳下客貨兩用的車子。

「汪！汪！」我們家的可卡犬「殺手」附和的吠了幾聲，跟我一起跳出車子，踏上人行道。

狗狗的名字是我那傻弟弟丹尼爾取的。取得還眞是有夠蠢的！牠被取名叫「殺手」，卻什麼都怕，唯一會殺的只有牠的橡皮球。

我和丹尼爾已經騎著腳踏車經過新家好幾次了，它和我們從前一直住的東大街舊家只隔了三條巷子。

不過到目前爲止，我仍無法相信我們就要住在這裡。儘管我一直覺得舊家的房子相當不錯，然而，這地方簡直可以用「酷」來形容。

新家是一棟三層的樓房，單獨座落在我們私有的小山坡上。房子裝有乳黃色的百葉窗，以及至少十二扇以上的窗子；整棟房屋四周還環繞著一圈寬敞的陽台，前院肯定有一個足球場那麼大。

這不能說是一棟房子——而是一幢豪宅！

這句英文怎麼說

我有專屬的陽台！
My very own private porch!

呃……它幾乎算是豪宅啦，巨大得不得了，但也不是全部都很優啦，像我媽咪就形容它是「舒適得像舊鞋的老房子」。

事實上，整棟房子今天看起來的確又亂又舊，好幾扇百葉窗都掛得歪歪斜斜的，草皮得修剪，整個地方似乎都蒙上了一層灰。

但就如同媽咪說過的：「只要好好打掃、上一層漆、拿榔頭敲敲，沒什麼是打理不了的。」

媽咪、爹地和丹尼爾都爬出車子了，我們一家人全都非常興奮的站在屋子前凝視著。

今天終於可以看見屋子裡面囉！

「看見那個大陽台沒？」媽咪指著二樓問，「我和你們的爸爸就要睡那間房，再過去的房間是丹尼爾的。」

她輕輕的捏了捏我的手，微笑著對我說：「小陽台——是妳房間外面的，凱兒。」

我有專屬的陽台耶！我靠到媽咪身上，給她一個大大的擁抱。

「我已經愛上它了。」我貼著她的耳朵輕聲說。

當然了，丹尼爾立刻發出不滿的哀號聲。他已經十歲了，不過大多數的時候都表現出只有兩歲的樣子。

「爲什麼凱兒的房間有陽台，我的就沒有？」他抱怨道，「不公平，我也要有陽台！」

「說點新鮮的來聽聽吧！丹尼爾。」我小聲嘀咕著，「媽咪，叫他安靜啦，我比他大兩歲，難道不應該多享有一點權益嗎？」

嗯，是幾乎大兩歲啦——再四天就是我的生日了。

「都給我安靜，孩子們。」媽咪下令道，「丹尼爾，你雖然沒有陽台，不過也會有很棒的東西喔——就是上下床鋪。以後只要你想，卡羅就可以來過夜了。」

「好棒喔！」丹尼爾大聲嚷嚷著。

卡羅是丹尼爾最要好的朋友，他們老是膩在一起——也老是來煩我。

丹尼爾大致上還算講理。不過，他總是堅持什麼都是他對，因此爹地叫他「萬事通先生」。

這句英文怎麼說

卡羅是丹尼爾最要好的朋友。
Carlo is Daniel's best friend.

有時候，爹地也叫他「龍捲風人」，因爲他跑來跑去，像陣龍捲風似的，所到之處簡直亂得教人無法想像。

我跟爹地就比較像囉，都是冷靜寡言型的——呃……一般狀況下是挺冷靜的啦。而且，我們最喜歡的食物也相同——那就是義大利寬扁麵、超酸的醃大蒜，以及加了咖啡巧克力片的冰淇淋。

我甚至連長相都很酷似爹地喔，高高瘦瘦的，雀斑很多，有著一頭紅髮。通常我會把頭髮紮成馬尾，而爹地倒是沒什麼頭髮好讓他操心的。

丹尼爾長得就比較像媽咪。他筆直的淡棕色頭髮老是蓋到眼睛，媽咪說他擁有「厚實強健」的體格（意思就是他的身材粗短矮胖啦）。

今天的丹尼爾顯然是處在「龍捲風人」的狀態。他跑向翠綠的大草坪上，繞著圈圈猛打轉。

「好大哦！好大哦——」他大喊大叫著，「簡直大得不像話，是……是超級大房子耶！」接著在草地上癱了下來。

「喔，還有這個超級大院子耶！嘿！凱兒，妳看我——我是超級丹尼爾。」

「你是超級大蠢蛋。」我告訴他，並伸手把他的頭髮搓得亂七八糟。

「喂，妳給我住手！」

丹尼爾痛得哇哇大叫，從懷裡掏出他的超級大水槍，對著我的T恤噴水。

「妳被捕了！」他宣布道，「妳是我的階下囚。」

「我才不是呢！」我頂了回去，死命的去搶水槍，「放掉你的槍！」

我一邊命令他，一邊與他拉扯得更兇了。

「放開！」

「好吧！」丹尼爾咧嘴一笑，突然把手鬆開，讓我往後踉蹌了幾步，接著跌倒在人行道上。

「眞是笨手笨腳！」丹尼爾吃吃竊笑道。

我知道該怎麼對付他，隨即大步跨到陽台的階梯上。

「嘿，丹尼爾，」我喊道，「我要第一個進新家！」

「別想！」他驚叫一聲，連忙從草地上慌張的爬起來，用力撲到台階上，抓住我的腳踝。「我先！我要先啦——」

這時爹地剛好手捧一個塞得超爆、旁邊寫著「廚房」的紙箱，走上車道。兩名搬家公司的男子跟在他後面，手上拖著我們家的藍色大躺椅。

「嘿，不要打混！今天我和媽咪真的很需要你們兩個幫忙，才會讓你們向學校請一天假。」他喊道，「丹尼爾，去遛遛殺手，還要確定牠有食物和水。凱兒，幫忙盯著丹尼爾。」

爹地繼續說道：「還有……凱兒，妳負責去清理廚房的櫥櫃，好嗎？妳媽想要把盤子和瓶瓶罐罐之類的東西擺進去。」

「當然可以啦，爹地。」我回答，接著就看到丹尼爾在草地上某個箱子裡翻來翻去的找東西，箱子上寫著「遊戲卡和漫畫」。

「喂，狗狗呢？」我對著他大吼。

他聳聳肩。

「丹尼爾！」我皺起眉頭，「我到處都沒看到殺手，牠跑到哪兒去了？」

他扔下一疊棒球卡，嘴裡嘟噥著：「好啦、好啦，我去找牠。」說完便起身往車道的方向走去，嘴裡叫著狗狗的名字。

丹尼爾一離開房子旁邊，我立刻衝到標著「遊戲卡和漫畫」的箱子旁，徹底搜索一番。果然，這個臭小子偷了我一些漫畫。

我以手臂夾著這些漫畫走進廚房去清理櫥櫃。一到廚房我雙眼飛快的瞄了一下，當場就忍不住想哀號起來。

只見寬敞明亮的大空間裡，四周都是櫥櫃。我哀嘆了一聲，用力從標示著「清潔用品」的箱子裡拉出紙巾和一瓶清潔劑，動手擦洗起來。

看來我幾個小時也擦不完。

我每擦完一個櫥櫃，就後退一步欣賞著自己的工作成果。

之後，我跪在水槽下的櫥櫃前。

突然有個聲音讓我佇足了一下——聲音吱吱嘎嘎的，就像踏在老舊木頭階梯上所發出的聲響。

是什麼東西？

我心裡猜著，心臟跳得更快了。

我緩緩打開櫥櫃的門，想要一窺究竟。

這句英文怎麼說

我跪在水槽下的櫥櫃前。
I knelt down in front of the cabinet under the sink.

門又稍微開大了一點，只是大了點，我又聽見了嘈雜聲。
此刻，我的心臟猛跳個不停，但還是把櫥櫃的門再打開一吋。
猛然間有東西抓住了我，是黑黑的、毛茸茸的爪子。
它抓著我不放，我不由得放聲尖叫。

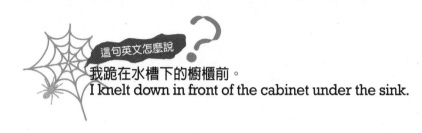

2.

「丹尼爾，你差點把我嚇死了。」我一邊尖叫，一邊捶打他的背。

我弟弟狂笑到不行，他扯掉當初堅持要打包進來的蠢老鼠道具服裝。

「妳眞該看看自己剛才那張臉。」他大聲說道，「知道嗎？我要喊妳凱兒怕怕囉！」

「哈、哈，眞好笑哦。」我回了他一句，並賞他一對白眼。

我提過丹尼爾還自認是惡作劇之王嗎？

突然，我想起他「應該」要做的事。

「爹地叫你去找殺手，牠現在在哪兒？」

「不必找啊，」丹尼爾吃吃的笑道，「牠根本沒走丟。」

這句英文怎麼說

同一個把戲被騙兩次！
Twice on the same trick!

「這句話是什麼意思？」我追問道。

「我把殺手關在地下室。」他自豪的說，「妳還在走廊上蹓躂的時候，我就從側門跑進去，藏在水槽下面。」

「你眞是一隻大老鼠。」我驚叫道。

我聽見鋪著油地氈的地板上傳來躂躂的奇怪聲音。

「那是什麼聲音？」我問。

丹尼爾的嘴巴忽然張得很大。

「噢——是眞的老鼠！」他高聲尖叫，「凱兒，小心！快走！」

我想都沒想就跳上一把椅子……而殺手正好奔進廚房。

丹尼爾頓時爆出了高分貝的笑聲。

「同一個把戲被騙兩次！」他露出洋洋得意的笑容。

我朝他撲了過去，打算要搔他癢。

「準備笑死吧你——」我大喝一聲。

「住手啊！救命……不要啦！」他強忍著笑，「凱兒，拜託啦！住手，拜託！

我……受……不……了……啦！」

「要投降嗎？」

丹尼爾點點頭。

「好啦！」他一邊喘氣，一邊笑道。

「那好，」我慷慨的說，「你現在可以起來了。」

「謝了。嘿，殺手在那邊做什麼？」

「你休想！我不會再中計的。」我說。

不過當我回頭望過去，發現我們家的可卡犬似乎真的對我打開的水槽櫥櫃裡頭很感興趣。

牠把東西拉出來，湊上鼻子去嗅聞，再用鼻子把東西推開，仰天低號了幾聲。

奇怪，殺手從不號叫的。

「你發現了什麼東西嗎？小子。」我對著牠喊。

殺手甚至沒抬眼看我，繼續嗅著……接著又低聲號叫。

我靠過去想看清楚。

這句英文怎麼說

我將海綿拿高，靠近我的臉。
I held the sponge up close to my face.

「凱兒，是什麼東西？」丹尼爾問道。

「沒什麼呀……」我一派輕鬆的回答，「可能只是塊舊海綿吧！」

牠又聞了聞……並低聲咆哮著。

那東西看起來很普通——小小、圓圓的，是淡棕色的，比雞蛋大一點。

但那團海綿讓殺手既興奮又緊張，牠圍著它亂跳一通，又吠又低吼的。

我從牠眼前抓過海綿，打算好好瞧瞧是什麼東西，但我們那隻可愛的狗狗卻開口想咬我。

「殺手！」我吼道，「壞小子！」

牠逃到角落，羞愧的哀號一聲，一顆頭傷心的枕在兩隻爪子中間。

我將海綿拿高，靠近我的臉，好好的研究一番。

哇啊——等等！

我突然明白殺手爲什麼會出現那些奇怪的行爲。

「丹尼爾——快來看！」我驚叫著，「我簡直無法相信……」

3.

「那是什麼東西呀？凱兒。」丹尼爾鬼叫道。

我震驚的瞪著小小的「海綿」。

「或許是我眼花了，」我咕噥著，「真的好詭異哦！」

「少來了，凱兒，」丹尼爾堅持道，「那是什麼？」

我更加仔細的研究了一下。

「哇啊！」我倒抽一口氣，真的不是我眼花耶！

「圓形海綿」在我手裡輕柔緩慢的移動著，前進、後退，前進、後退，節奏十分的慢。

感覺好像在呼吸似的！

這句英文怎麼說

我才不會告訴大家你是我弟弟。
I won't tell them you're my brother.

不過，海綿是不會呼吸的，還是會呢？

無論如何，「這個海綿」肯定會！

我甚至聽到它細微的呼吸聲：呼嘩——啊——呼嘩——啊——

「丹尼爾，我想這不只是個單純的海綿而已，」我結結巴巴的說，「它可能是活的。」

我把東西扔回水槽櫥櫃，心中感到有點害怕。

丹尼爾把手放在屁股上。

「這個玩笑很爛喲！」他吃吃的笑道。

「不過，丹尼爾……」我開口想繼續講。

「凱兒，這種玩笑我是不會上當的啦，那個東西不過是塊舊海綿而已，」他很堅持的說，還露齒一笑，「這個髒兮兮的舊海綿在這裡可能有一百年囉。」

「好，那你就不要相信好了！」我大吼，「等有一天我因爲發現這個東西出名了，我才不會告訴大家你是我弟弟。」

媽咪剛好經過，手裡抱著一堆冬天的外套。我知道她會相信我的。

「媽咪！」我喊道，「有海綿耶，是活的！」

「那很好啊，親愛的，」她嘀嘀咕咕的說道，「只剩幾件東西要搬進來了，哎……我把裝銀器的箱子擺哪兒去了？」

媽咪像是沒聽見我說話似的。

「媽咪，」我再度開口，這次聲量大了點，「是海綿耶！在水槽下面……它會呼吸喔！」

她不理我，一路穿過廚房，直接走出紗門，進入後院。

我神奇的發現居然沒有人在乎！

除了殺手之外，牠似乎很感興趣——但或許太有興趣了點兒。

殺手脖子壓得低低的，探頭進入櫥櫃裡，死瞪著海綿好一會兒，接著自喉嚨深處發出低低的咆哮聲。

吼喔——吼喔——

牠幹嘛又低聲咆哮？

殺手用濕濕的鼻子去碰海綿，將海綿頂著繞圈圈，聞了聞，抬頭注視了我一

這句英文怎麼說

海綿是屬於我的！
The sponge belongs to me!

會兒，臉上露出困惑的神情。

吼喔——吼喔——

殺手張開嘴，用牙齒咬住海綿。

「喂，那個不是你的中餐！」我大叫一聲，抓住殺手的頸圈，把牠從水槽底下拖出來。「那可能是個很重要的發現喔。」

我轉身面對弟弟。

「丹尼爾，看到沒？殺手知道那東西是活的，」我堅持道，「我說眞的，不是在開玩笑，看清楚一點——我保證，你會看到它在呼吸。」

丹尼爾嘻皮笑臉的，一副不相信我的樣子，但還是把頭探進櫥櫃裡。

「哇啊！搞不好妳說對了。」他承認道，站起來看著我，「我想那東西還活著，而且我認爲……那東西是『我的』！」

說完，他隨即鑽到水槽下把海綿抓出來。

「你休想！」我抗議道，從後面抓住他的T恤，把他強拖出來。「是我先看到的，海綿是屬於我的！」

他甩開我，再度鑽進水槽下。

「誰找到就是誰的！」他大叫著。

我又伸手去抓他，但還沒碰到丹尼爾，他就發出令人毛骨悚然的痛苦尖叫聲——

這句英文怎麼說

我的頭撞到水槽了。
I hit my head on the sink.

4.

「哎喲——」

丹尼爾的慘叫聲肯定幾里外都能聽見。

他的叫聲引起媽咪的注意，媽咪匆匆忙忙的從後院穿過紗門，直奔過來。

「出了什麼事？是誰在尖叫？怎麼了……發生什麼事啦？」媽咪連珠炮似的追問道。

丹尼爾從水槽底下退出來，手抱著頭，斜眼仰視著我們。

「我的頭撞到水槽了……」他哀號著，「都是凱兒推我啦！」

媽咪跪下來，用一隻手摟住丹尼爾。

「我的小寶貝……」她柔聲安慰道，還溫柔的拍拍他的頭。

「我沒推他，」我立刻聲明，「甚至碰都沒碰到他。」

丹尼爾呻吟了幾聲，揉揉自己的頭。

「很痛耶——」他抱怨著，「我的頭可能腫一個大包了啦！」

他給了我一個白眼。

「妳是故意的！不管怎麼說，反正海綿不是妳的。海綿在屋子裡，是屬於我們大家的。」

「海綿是我的！」我很堅決的說，「你有毛病啊？丹尼爾，爲什麼老是想要我的東西呢？」

「夠了！我眞不敢相信你們會爲了一個可笑的海綿吵個不停。」媽咪不耐煩的怒斥道。

「凱兒，妳應該要多注意妳弟弟的不是嗎？」媽咪轉向我說，「還有你，丹尼爾，不是你的東西不要拿。」

話一說完，她便轉身離開廚房。

「別再讓我聽到和那愚蠢海綿有關的話題，否則你們兩個給我等著瞧！」

這句英文怎麼說

多謝你幫我惹麻煩。
Thanks for getting me in trouble.

媽咪前腳一離開廚房，丹尼爾馬上對我吐舌頭、遮眼睛的做鬼臉。

「多謝妳幫我惹麻煩喔。」他嘴裡叨叨的念著。

丹尼爾跺著重重的腳步離開，殺手則尾隨在他身後。

現在只剩我一個人在廚房了。我彎下身，伸手到水槽下拿出海綿。

「每個人到這附近都又吼又叫的，」我輕聲細語的對它說，「你惹出好多麻煩事喔——是不是？」

我覺得對海綿說話感覺有點蠢，不過這東西摸起來不像海綿，一點也不像。

它摸起來很溫暖的——這點令我很訝異，它居然是溫溫濕濕的。

「你是活的嗎？」我問這團皺巴巴的小球。

我用手輕柔的將它包覆起來，剎那間，最詭異的事情發生了——海綿在我手裡移動起來。

呃……也不是眞的移動啦，而是像脈搏一樣收縮、跳動著——緩慢而溫和的跳動。

卡——喳，卡——喳……

它動的方式就像我們自然課使用的塑膠心臟模型。

我摸到的會不會是心跳呢？

我好奇的窺視著這東西，還用指尖摸著上頭滿覆的皺紋，把海綿質地的濕潤摺紋往後推。

「哇！」我驚嚇的大喊一聲，只見兩顆濕答答的黑眼睛跑出來盯著我瞧。

我全身一顫。

「好噁心呀！」

你根本不是海綿，海綿沒有眼睛的對吧？

那你到底是什麼東西？

我需要迅速獲得解答，但我能問誰呢？

不能跟我媽講——她不要再聽到和海綿有關的事情了。

「爹地！爹地……」我高聲大喊，火速穿過客廳和飯廳，「你在哪裡？」

「嗯？」他出聲，「嗯……」

「什麼？」我大聲喊叫，跑著穿越整間屋子。「喔，你在這兒呀。」

這句英文怎麼說

我必須把這大廳的燈搞定。
I've got to get this hall light working.

爹地站在前廳的一座梯子頂端，一隻手拿著榔頭，另一隻手拿著一大捲電工用的黑色膠帶，嘴巴裡還咬著一些鐵釘。

「嗯……」他又悶聲回道。

「爹地，你想說什麼？」我問。

他把釘子吐掉。

「對不起，」爹地嘟囔著，「我必須把這大廳的燈搞定，這些老電線眞是爛透了。」

他俯視地板上堆成小山的工具。

「凱兒，把鉗子給我。如果再不行，我就得叫水電工了。」

爹地對於蒔花弄草很有一套，不過說到居家修繕，可就一團糟啦。有一次，他想要修理一台電風扇，結果把附近區域的電力全搞砸了。

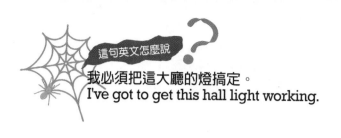

「在這兒，爹地。」

我把鉗子遞給他，並把海綿高高舉起。

「瞧瞧這個，」我要求道，還踮起腳尖，讓他能以較近的距離看海綿。「這是我在水槽下面找到的，它摸起來溫溫的，還有眼睛，而且是活的，我看不出是什麼東西。」

爹地從棒球帽底下瞇眼瞄著。

「我們來看看吧。」他提議道。

我把海綿往上推，好讓他拿到。他俯下身來，從我手上抓過海綿。

我沒留意到工作梯在搖晃，也沒發現梯子逐漸倒下來，只看到爹地臉上的表情起了變化——他瞪大雙眼，嘴巴張開，震驚的大叫起來。

「啊——」

當他往下跌落之際，還想抓住天花板上的燈來撐住。

不料燈卻突然掉落，砸在他的頭上。

爹地從梯頂上翻落下來，躺在大廳的地板上，一動也不動。

「媽咪！媽——咪——」我放聲尖叫，「快來！爹地出事了！」

這句英文怎麼說

我想我沒事。
I think I'm okay.

5.

媽咪、丹尼爾和我擠成一團，圍在爹地身旁。他的眼睛突然睜了開來，並眨了眨眼。

「啊……」他低聲含糊的說道，「怎麼回事？」

爹地搖搖頭，用手肘撐住地面坐了起來。

「我想我沒事，各位。」他顫抖著聲音說。

爹地想要起身，但是又跌回地上。「我的腳踝……腳踝可能斷裂了。」他痛苦的發出呻吟。

於是我和媽咪一人一邊攙住爹地，協助他走到躺椅那邊。

「哎喲……真痛。」他發出哀號，並輕輕揉著腳踝。

「丹尼爾，去拿些冰塊包在毛巾裡，給你爸爸用。」媽咪吩咐道，「凱兒，妳去拿一杯冰水來。」

「現在，親愛的……」媽咪輕聲細語道，並撫著爹地的眉頭，「告訴我發生了什麼事情？」

我用杯子盛著一杯冰水跑回客廳時，媽咪和爹地臉上的表情詭異得不得了。

「凱兒，」媽咪生氣的說，「剛剛是妳推爸爸的嗎？」

「妳爲什麼要推梯子呢？」爹地邊問邊揉腳踝。

「啊？你說什麼……」我氣急敗壞的回答，「我沒有推！我才沒有呢！」

「小姐，這個我們晚點再討論，」媽咪態度堅定的說，「現在，我必須照顧妳爸爸。」

我感覺到熱呼呼、紅通通的羞赧爬滿了整張臉。

爹地怎麼會認爲是我推的呢？

我垂下眼來，發現手裡還捏著那團海綿。

突然間，我領悟到一件事——一件怪異又可怕的事。

這句英文怎麼說

你為什麼要推梯子呢？
Why did you push the ladder?

海綿不再溫和的收縮，而是在我手中有力的「跳動」，狂野的跳動著。

啪——噗、啪——噗、啪——噗……

它在震動——就像是有人把果汁機扭到高速的感覺。實際上，海綿是興奮的發出聲音，撲撲直跳。

啪——噗、啪——噗、啪——噗……

我在大廳的地板上坐了下來，覺得很不安。

到底是怎麼回事？

丹尼爾認爲我推他，接著爹地也說同樣的話……

他們兩個都認爲是我推了他們，爲什麼？

啪——噗、啪——噗、啪——噗……

海綿在我手中溫暖的跳動著。

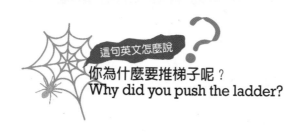

我嚇得全身發抖。突然間，海綿似乎變得很恐怖，我不想讓這東西靠近我身邊——或是我的家人。

我跑到外面，在靠近車庫的地方找到一個很大的金屬垃圾桶。我打開蓋子，將海綿丟進去，再把蓋子緊緊的推回去。

回到屋裡的時候，媽咪把我叫進客廳。

「我想妳爹地的腳踝只是扭傷而已，」她說道，「現在，告訴我剛剛發生了什麼事。」

星期四，我坐在自己的書桌前寫著要來參加我生日派對的客人名單。這個大日子只剩兩天就到了。

我今天必須把名單給媽咪，這樣她才能在星期六準備好足夠的東西。

我聽見丹尼爾嘰嘰喳喳的對著卡羅說個不停，兩個男生一路喧嘩的爬上了樓梯。

「你瞧瞧——看起來很像舊海綿哩，不過是活的唷！」丹尼爾說道，「我敢打賭它肯定是一種史前生物，像是恐龍之類的。」

我跳起來，跑出房間。

「喂！」我對著丹尼爾大吼，指著他手裡的海綿，「你拿那個做什麼？我已

這句英文怎麼說

我在垃圾桶裡找到的。
I found it in the garbage can.

經把它扔掉了。」

「我在垃圾桶裡找到的，」丹尼爾回答，「這個太酷了，不能丟，你說對不對？卡羅。」

卡羅聳聳肩，一頭亂糟糟的黑髮都碰到肩膀了。

「那東西看起來就像一塊舊海綿，有什麼了不起的？」

「才了不起呢！」我反駁回去，「而且那個東西肯定不是海綿。」

我說著從新的書架上拉下一本厚厚的書。

「我查過百科全書了，」我解釋道，「查『海綿』……你應該把那個東西留在垃圾堆裡，丹尼爾，你真的應該那麼做。」

「百科全書裡怎麼講？」丹尼爾熱切的追問，一屁股坐在我床上，雙手還捧著那團海綿。

「裡面說海綿沒有眼睛。」我回道，「而且只能活在水裡，離開水中三十分鐘就會死掉。」

「看吧，卡羅，那東西不是海綿，」丹尼爾大聲說道，「我們的生物有眼睛，從我們發現它之後，一直是離水的。」

「可是我沒看到眼睛啊，而且它一點都不像是活著的樣子。」卡羅懷疑的說。

丹尼爾從床上跳下來，把海綿遞給卡羅。

「你拿著就知道了。」

卡羅用雙手小心翼翼的捧著海綿，一雙棕色的眼睛張得大大的。

「它的身體是溫的！而……而且會動耶，會蠕動！它是活的！」

卡羅轉過身來面對我。

「如果這東西不是海綿，那……那會是什麼呢？」

「我還沒找出答案。」我回答。

「或許是一種超級海綿喔，」丹尼爾提出他的看法，「因為很強悍，所以可以在陸地上生存。」

「有可能是部分海綿與其他生物的組合體，」卡羅補上一句，定眼瞧著它，「我可以帶回家一會兒嗎？珊蒂肯定會嚇到爆。」

珊蒂是卡羅的小妹。

這句英文怎麼說

告訴你的朋友不要再煩我了。
Tell your friend to quit bugging me.

「我馬上就回來。」卡羅保證著。

「不可以，卡羅。」我很快的拒絕道，「我想，在我確實知道這海綿是什麼東西前，必須把它留在這裡。喏，這裡——把它放在這個舊的沙鼠籠子裡。」

「噢！別這樣啦，」卡羅出聲懇求，手拍著海綿皺巴巴的頭，「看到沒？它喜歡我呢！」

「絕對不可以！」我再度拒絕，「丹尼爾，告訴你的朋友不要再煩我了。」

「好啦、好啦。」卡羅嘴裡嘀咕著，「喂，這個小東西到底吃什麼啊？」

「我不知道。不過，不吃似乎沒關係。把它放進籠子裡。」

卡羅將手伸進籠子裡，把那生物放下。當他這麼做的時候，臉上充滿了驚懼。

我看見他的手臂在顫抖，接著整個人嚇得尖聲狂叫。

「哎呀！我的手！它在吃我的手——」

6.

「不——」我尖聲高喊。

卡羅的嘴恐懼的扭曲著，他把手從沙鼠籠裡抽出來，伸到我面前。

「噢！」我倒抽一口氣。

他一隻手在我面前揮來揮去，還笑了出來——

他的手好得很，安然無恙。

「你眞是無聊！」我大罵道，「這一點都不好笑，簡直病態到了極點！」

卡羅和丹尼爾笑到不支倒地。

「這玩笑眞是太棒了！」丹尼爾露齒一笑，「嘿，卡羅……手過來，耶！耶！耶！」

這句英文怎麼說

我們也不知道你是什麼生物！
We don't know what kind of creature you are, either!

他和卡羅兩人擊掌叫好。

「做得好，兄弟。」丹尼爾大叫。我賞了兩個愚蠢、不成熟的臭小子一對大白眼。

「知道嗎？臭小子，這一點也不好笑，」我嚴肅的表示，「我們不知道這海綿是哪種生物。」

「我們也不知道妳是什麼生物！」丹尼爾露出一個大大的笑容，高聲說道。

「如果我是某一種生物，那麼你就是那種生物的弟弟。」我不甘示弱的反擊回去。

「嘿，我想到一個主意。」卡羅說著對丹尼爾眨眨眼，「或許你應該給海綿套上一條狗鍊，帶它去散步，運動會讓它胃口大開！」他一邊鬼叫，一邊笑著。

他還眞能自得其樂。

「可是它沒有腳啊！」丹尼爾跟著起鬨。

「它可以一路滾下楓樹巷。」卡羅回道。

兩人笑得更開心了。

「夠了，你們兩個給我出去！」我出聲喊道，「別管我和海綿了，馬上出去！」

丹尼爾和卡羅還相互擊掌才轉身離開。

我簡直等不及他們滾出我的視線範圍。我需要獨處一下，坐下來好好想想應該怎麼處理這個圓圓的小生物。

不過，卡羅和丹尼爾還沒走出臥室門口，尖叫聲就傳了過來，嚇得我高高彈起，幾乎碰到了天花板。

我轉頭看到卡羅以金雞獨立的姿勢，上下狂跳著。

「好了，可以啦——別再裝出一副我還會上當、相信你們另一個蠢把戲似的。」

卡羅的臉痛苦扭曲著，他狂亂的指著腳，跌坐在床上呻吟，並用力扯掉腳上的球鞋，只見血從他的白襪子裡滲透出來。

「釘子！」他倒抽一口冷氣說，「我踩到一支釘子。」

我垂眼去看地板上的球鞋，只見一支長釘子穿過厚厚的橡膠鞋底，刺進卡羅的腳底。

這句英文怎麼說

這釘子是哪來的？
Where did a nail come from?

眞奇怪了，我心想。

這釘子是哪來的？

「喂，是眞的在流血啦！」卡羅哀號著，「兩位請幫忙做點什麼吧。」

我手足無措的四下找尋可以充當繃帶的東西，在尋找的時候，視線剛好停在沙鼠籠中的海綿上。

「哇！」我大喊一聲。

海綿正在顫抖、搖動，它搖動的時候似乎還挺樂的。

而且，它在呼吸——

這詭異駭人的呼吸聲之大，從我房間的另一頭都還聽得見。

呼嗶——啊——呼嗶——啊——

當我用舊T恤裹住卡羅的腳時，腦海浮現兩個問題——這裡到底出了什麼事？這個海綿生物突然在興奮個什麼勁兒？

直到第二天之前，我一直都沒發現這海綿生物駭人的事實。

當我得知實情後，才明白爲什麼我們的新家會發生這麼多意外，更希望我從沒打開過櫥櫃、沒伸手到水槽下，永遠不曾發現這個像海綿……的「東西」。

只是現在為時已晚。

對我們所有人來說，一切都太晚了。

7.

這句英文怎麼說

你怎麼可能忘記呢？
How could you forget?

「凱兒，都搞定了吧？」

第二天早上，我走進廚房吃早餐時，媽咪笑咪咪的對我說。

「什麼都搞定了？」我睡眼惺忪的問。

「妳明天的生日派對啊。」媽咪回道，還迅速給了我一個擁抱——她最愛擁抱了。

「妳怎麼可能忘記呢？」她很驚訝的問我。「妳的生日派對我們計畫了好幾個星期呀！」

「我的派對！」我高興的吸了一大口氣，「喔——我簡直等不及啦！」

我坐到桌邊，準備吃玉米片、喝柳橙汁。生日派對在我們莫頓家是一樁隆重

的大事。媽咪向來都會訂製一個大蛋糕，以手工製作所有邀請函，並親手佈置所有事物。

今年，我參與了邀請函的製作，我們用紫色的美術紙來做卡片，還用粉紅色的螢光筆寫字。

通常我會爲自己的派對定一個主題。去年的主題是「製作屬於自己的比薩」，結果辦得很成功，讓我的朋友們津津樂道了好幾個星期呢！

如今我馬上就要十二歲了，我覺得自己的年紀已經大到不適合「定主題」了，所以媽咪和爹地會帶我和五個最要好的朋友到驚奇樂園去玩一整天。驚奇樂園絕對是個最酷的地方，那裡有兩座海浪泳池，各式的滑水道，以及怪物絞碎機。

在我曾坐過的倒掛式雲霄飛車中，最恐怖的首推怪物絞碎機了。它到底有多酷呢？這麼說好了，去年夏天，卡羅坐過一趟絞碎機後，就把吃下去的午餐全吐光了。

這句英文怎麼說

這將會是我最棒的生日派對！
This is going to be my best birthday ever!

它眞是酷斃了！

「這將會是我最棒的生日派對！」我驚喜的叫著，越過餐桌，朝媽咪露出一個笑容，再轉向丹尼爾，「對不起啦，你沒被邀請，這個派對是專爲十二歲的人辦的。」

「不公平，爲什麼我不能一起去？」他抱怨道，還把湯匙重重的放進麥片碗裡，讓牛奶濺得桌上到處都是，「我保證不會跟凱兒任何一個朋友講話……何況誰會想和他們說話呢？拜託讓我去啦！」

我覺得這麼做有點壞，有點想改變心意。

但接下來，丹尼爾卻把自己的機會徹底毀了。

他雙手環抱在胸前，嘴裡咕噥道：「這裡什麼都是凱兒的，她甚至連海綿都不分我玩！」

「凱兒在水槽下發現的那個舊海綿嗎？」媽咪驚訝的問，「誰會想要那種東西？」

「我就會！」丹尼爾大聲回道。

「是我找到的，所以是我的。更何況，我今天要把『我的』海綿帶到學校去。」

我知會丹尼爾一聲。

「爲什麼？」媽咪問。

「我要拿給范德芙老師看，」我解釋著，「或許她會知道那是什麼東西。現在，我要找個東西來裝『我的』海綿。」

我在廚房的櫥櫃裡頭翻找著。

「這個很適合！」我一邊大聲的說，一邊把貼著標籤的塑膠容器高高舉起。這個容器聞起來還有一點馬鈴薯沙拉的味道。

我拿出一把舊剪刀，在容器罐上戳了幾個通氣孔，接著跑上樓去找海綿。回到廚房後，我把封好的容器放在地上，打開冰箱。

「媽咪，我的午餐盒是哪一個？」

「藍色的那個。」她回答。

我抓起了午餐盒，再關上冰箱。

忽然聽到廚房地板上傳來大聲呼吸的聲音，我往下一看。

這句英文怎麼說

我要拿給范德芙老師看。
I'm going to show it to Mrs. Vanderhoff.

「殺手，你在做什麼？」我對著牠微笑。

牠正用力的嗅著容器罐。

吼——吼——

牠用腳爪扒地，發出咆哮聲。

又來了。

殺手把耳朵往後一甩，充滿疑慮的繞著容器罐打轉，接著吠了幾聲。

「殺手，退後！」我命令道。

但是牠太興奮了，根本不理會我的叫喊。

「媽咪！丹尼爾！」我喊道，「幫我把殺手拉開，我想牠要把海綿當早餐吃掉啦！」

媽咪拉住殺手的項圈，把牠從容器罐旁邊拖開，不過牠還是一直咆哮著。媽咪推開後門，把狗輕輕踢到後院去。

「小子，到外頭去吧！」她輕柔的對牠說。

然後媽咪轉過身來面對著我。

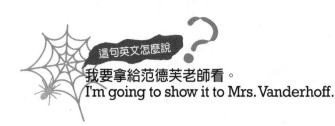

「狗兒爲什麼會那麼生氣？牠的行爲很奇怪耶！現在快走，不然上學可要遲到了，到時候又咆哮、又大聲吠的人就是我了。」

我把背包甩上肩頭，匆匆給了媽咪一個吻，然後跟在丹尼爾後面出門。

「看這個！」丹尼爾大聲吆喝著，火速衝過街道，來到強森家前面，把自己定在他們家的籃框下。

丹尼爾裝作運球過人的樣子，瘋狂的繞著圈子跑。

「我打賭妳跳不了這麼高！」他說著，並假裝灌籃。

「別玩了，丹尼爾，」我回道，快步沿著街道走下去，「我如果遲到，范德芙老師下課後肯定會把我留下來的。」

丹尼爾一個小快步超過我，突然間，他兩眼一凸！

「凱兒！小心！」他尖叫道。

喀拉——

我聽見頭上傳來可怕的聲響，是一個很大的碎裂聲，就像有人同時在你頭上敲響了一千次指關節。

這句英文怎麼說

我打賭你跳不了這麼高！
Bet you can't jump this high!

我及時抬眼往上瞧，看見一枝很大的枯樹枝幹從空中急速掉落。
我頓時呆住了，發不出聲來，也動不了。
我全身肌肉沒有一塊能動。
眼看著就要被壓爛，變成凱兒扁扁了！

8.

「噢……」我的喉嚨勉強擠出嚇人的呻吟聲。

我覺得有人從後面用力的頂我，力量強到足以讓我飛起來、跌落在地。

我震驚的躺在地上，注視著身後在地上撞成碎片的大枯樹枝幹。

樹枝著地的地點離我只有幾呎，我掙扎著站起來，容器罐從我手裡滾了出去，裡面的小生物被拋了出來，落在人行道上。

「我救了妳一命，」丹尼爾大叫，「妳可欠我一個大人情囉！」

我幾乎聽不進他說的話。

海綿——我只能定定的注視著海綿。

呼嘩——啊——呼嘩——啊——

這句英文怎麼說

我有東西必須請您看看。
I have to show you something.

我看著它一顆小小的心臟劇烈的收縮跳動著，幾乎就在地面附近興奮的蹦蹦跳跳。

啪——噗，啪——噗——

好詭異哦！我差點被落下的枝幹壓死，而這海綿卻似乎興奮得很。

對於我剛剛發生的意外，顯露出一副很樂的樣子。

好像我的意外讓它很高興似的……

「范德芙老師！」我一邊叫著，一邊急忙跑進教室，「我有東西必須請您看看。」

范德芙老師是個「金頭腦」，幾乎無所不知。

她超聰明的，還帶我們班出去進行很棒的校外教學——萬聖節的時候，我們參觀了一家有幽靈出沒的老劇院，那裡的鬼魂據說是死掉的演員變的。

不過，范德芙老師也很嚴格，不認眞或上課講話的學生往往要在課後留下，而且時間長達一個星期！

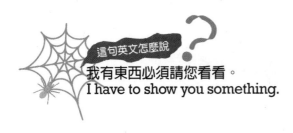

另外一件麻煩事，就是她完全沒有幽默感。我從沒見過她的嘴巴彎成一道弧線。

「看看這個，范德芙老師，」我不假思索的說出口，把海綿拿到老師鼻子底下，「這是我在新家廚房的水槽底下找到的。丹尼爾抓它出來的時候還撞到了頭，而我爸還以為是我推他的，還有……」

范德芙老師透過她的無框眼鏡瞄了我一眼。

「噓……凱兒，」她以明快的語氣說道，「妳得從頭講起──慢慢的講、清楚的講。」

於是我做了個深呼吸，重頭敘述──從搬家那天講起，一直說到樹枝落下為止。

「妳說這東西會跳動？還會呼吸？」范德芙老師問，目光還直盯著我。

「是的。」我大聲說。

「讓我看看。」

我把容器罐遞給范德芙老師。

這句英文怎麼說

這只是一塊普通的廚房用海綿。
This is an ordinary kitchen sponge.

她有些猶豫的把手伸進去，接著把海綿拿出來。

「噢……」我失望的低嘆著，因爲海綿看起來乾巴巴的，沒有呼吸，也沒有跳動。

范德芙老師瞪了我一眼。

「凱兒，這是什麼意思？」她怒斥道，「這只是一塊普通的廚房用海綿。」

她臭著一張臉，並說道：「而且還是一塊很髒的海綿！」

「不是的！」我高聲大喊，拚命想讓她相信我說的話，「這絕對不是一塊普通的海綿，它是活的，還有眼睛——看見沒？妳一定要看看。」

范德芙老師斜眼睨視著我，搖搖一顆滿是灰髮的頭。

「唉……好吧！」她嘆了口氣，接著低下頭，靠近去檢視海綿，還用手指去觸摸海綿皺皺的表面。

「我不明白妳到底在說什麼，」她生氣的說，並作勢要我回座，「這東西哪有什麼眼睛，而且也不是活的，只是個骯髒又乾掉的舊海綿罷了。」

范德芙老師一臉不悅的瞪著我。

「凱翠娜，如果妳打定主意想跟我開玩笑，那麼我可以告訴妳，我一點也不覺得好笑！」

「但是……」我想解釋。

范德芙老師舉手制止我。

「什麼都別說了。」她把海綿還給我，而她丟海綿的方式彷彿當它是一塊垃圾似的。

我失望得胃部直翻攪。

我能不能說點別的來說服她呢？

突然，一把尺在她桌上凌厲的拍下，將我的思緒打斷。

「現在我要把上個星期考的數學考卷發還給你們。」范德芙老師高聲宣布。

每個人都發出呻吟聲。上個禮拜突如其來的多位數除法小考對我們所有人來說，簡直是個大災難。

「安靜！」范德芙老師喝斥道。

她把手伸進書桌抽屜裡，打算把考卷拿出來——手指卻砰的一聲，用力撞到

這句英文怎麼說

我必須到醫護室！
I've got to get to the nurse's office!

抽屜。

她痛苦的發出一聲哀號，高喊道：「我的手指！喔……我想我的手指頭斷掉了！」

我還站在她的書桌旁，她抓住手，轉身面向我。

「幫我一下，凱翠娜，我必須到醫護室去一趟。」

我趕緊幫范德芙老師打開教室的門，扶她下走廊，來到醫務室。

「怎麼啦？」學校的護士崔雀爾太太從辦公桌後面跳起來，跑向我們，她漿得雪白的制服在移動時還發出沙沙的聲音。

崔雀爾太太讓范德芙老師在一張舒適的椅子上坐下來。

「我的手指頭……」范德芙老師捧著她又紅又腫的手哀聲說道，「撞到抽屜……撞爛了！」

「沒事的，」崔雀爾太太安慰她，「我們先在妳的手上敷些冰塊，我會請校長找人去代你們班的課。」

「謝謝妳，」范德芙老師低聲說，「凱翠娜，妳可以回教室了，妳幫了很大的忙。」

我幫了忙？

這幾天不論我走到哪裡，似乎都會有人傷得頗重……

我悶悶不樂的緩步踱回六年B班的教室。

「凱兒！凱兒……」我聽見有人大聲叫我。

丹尼爾從圖書館跑出來，對著我直衝過來，還差點就踩到他沒繫好的鞋帶而絆倒。

「我找到了！」他上氣不接下氣的大聲說道，「我找到那種海綿生物……在書裡面，現在我知道它是什麼東西了！」

這句英文怎麼說

你的照片也在裡面嗎？
Is your picture in there?

9.

我一把抓住丹尼爾的前襟。

「它到底是什麼東西？」我急忙問道，「我一定要知道。」

「喂！放輕鬆，先冷靜一下嘛！」丹尼爾推開我的手，保證道：「我會給妳看的，這裡有照片。」

「哪裡？」

丹尼爾環視了一下走廊，現在四下無人。

他從襯衫下方抽出一本書交給我，那是一本黑色的大冊子。

我很快的看了一下書名——《奇珍異物百科全書》。

「你的照片也在裡面嗎？」我故意揶揄道。

「哈哈，很好笑，」他回答，並從我手裡把書搶回去，「妳想不想看妳的海綿啊？」

「那當然！」

丹尼爾飛快的翻著書頁，嘴裡還念念有詞。

「嘰哩咕嚕——變出來！」

他把書推到我鼻子底下。書的味道聞起來有點怪，像是發霉的味道。我猜這本書在圖書館裡被束之高閣很久了。

丹尼爾指著第八十九頁上的一張圖，我垂眼看去——皺皺的皮膚、小小的黑眼睛。

「看起來的確像那海綿。」我不禁倒抽一口氣。

接下來讀著圖片下面的文字。

「這是酷綿。」

酷綿？那是什麼鬼東西啊？

我把心思拉回書上——「酷綿是古代的神話生物。」

這句英文怎麼說

酷綿是古代的神話生物。
The Grool is an ancient and mythical creature.

「神話？」我大喊，「那不就表示它不是眞的，而是虛構的。不過，它卻是眞實的呀！」

「再讀下去啦。」丹尼爾催促我。

「酷綿不吃東西，也不必喝水，它是從運氣中獲得力量，也就是厄運。」

「丹……丹尼爾……」我結結巴巴的說，「這個好詭異，眞的好詭異喔。」

他點點頭，眼睛睜得老大。

「酷綿一直都被認爲是厄運之符，專門仰賴他人的厄運維生。每次只要周遭有壞事發生，酷綿就會變得更加強壯。」

「這本書眞是瘋狂斃了，」我咕噥著，但還是心急的念下去，「擁有酷綿的人，其厄運是永無止境的。酷綿是殺不死的——它無法以力氣或任何暴力方式殺死，而且它——永遠——無法送人或拋棄。」

爲什麼不行？

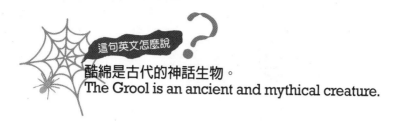

下面幾行字就提供答案給我了。

「酷綿只有在主人死亡後，才能傳給下一任新主人。任何把酷綿送人的人，一天之內就會死亡。」

「這眞是太愚蠢了！」我驚叫道，「簡直蠢斃了！」

我轉向丹尼爾，低聲告訴他：「絕對沒有什麼生物可以靠厄運維生的。」

「妳怎麼知道呢？天才。」丹尼爾反問我。

「所有的生物都需要食物和水，」我回答，「反正只要是活的就需要。」

「我不知道耶，」丹尼爾說，「我想書裡說的可能是對的。」

另一頁圖片中畫的生物吸引了我的目光。

「嘿，這是什麼？」我問。

那東西看起來像個馬鈴薯，呈棕色橢圓形狀，不過有著一張充滿尖銳利牙的嘴巴。

我飛快的閱讀相關敘述。

「懶猊稞是酷綿的同宗。不過，危險性高出許多。」

「好噁心！」丹尼爾大叫，還扮了個鬼臉。

我繼續讀著。

這句英文怎麼說

我飛快的閱讀相關敘述。
I quickly read the description.

「懶猊棵一旦纏上人，就不會放手——直到吸乾那人的每一分精力爲止。」

我幾乎是用甩的把百科全書闔起來。

「喏！丹尼爾，把這本蠢書給我拿走！」我把《奇珍異物百科全書》推到我老弟手裡。「這本書根本亂扯一通，我完全不信。」

「我還以爲妳想多了解那塊海綿呢。」丹尼爾說。

「我是啊，但我可不想讓這種杜撰的東西隨便呼攏我。」

我知道我對丹尼爾的態度很惡劣，他不過是想幫我而已。

但是，拜託一下好嗎？在經歷那些事情之後，此刻我面臨的壓力實在重得有點受不了。

我是指經過倒楣的幾天後——爹地從梯子上跌下來、范德芙老師的手被書桌抽屜撞傷，而我差點兒被樹木的枝幹壓扁！

我腳步沉重的經過走廊，回到班上。

「蠢書！」我低聲對自己說。

不過另一種想法卻不斷的侵入我的腦海——如果書上說的沒錯，那我該怎麼

辦？

我瞪著裝著酷綿的容器罐，罐子還放在范德芙老師書桌的角落，我朝它走過去。

它又恢復了濕潤，而且還在呼吸，一雙冷漠的黑色眼睛回瞅著我。

突然，我感覺到一陣冰冷的懼意向我襲來。

「神話生物是不存在的，」我對那生物輕聲說道，「我才不相信書裡寫的呢！我不相信。」

海綿抬起眼來瞪著我，並繼續輕柔的呼吸著。

我拿起罐子，氣得用力搖晃。

「你是什麼東西？」我大叫，「到底是什麼東西？」

回家的路上，丹尼爾把整件事情都告訴了卡羅。我走在他們身後，努力的要想些別的事，什麼事都好。

「那個叫做酷綿，是厄運之符，」丹尼爾興奮的敘述著，「對吧？凱兒。」

這句英文怎麼說

神話生物是不存在的。
Mythical creatures don't exist.

「我想你才是厄運之符咧，」我怒斥一聲，「那本書是不具任何意義的！」

「是嗎？」他喊道，並抓住我的背包。

「妳不需要這些書對不對？」他嘲弄道，「妳最聰明了，知道的比百科全書還多。」

丹尼爾一路抓著我的書亂走，轉進楓樹巷。

「嘿，媽咪在外面耶！」他驚叫道，接著跑了起來。

我和卡羅匆匆趕上丹尼爾。

媽咪正站在門口等我們回家，她緊繃著臉，神情憂慮。

「嗨，孩子們，進來吧。」她說。

丹尼爾、卡羅和我都跟著媽咪走進廚房。

「我有個壞消息要告訴你們。」她沮喪的開口道。

10.

「殺手不見了。」媽咪說完後，咬了咬她的下唇。

「不見了？」我和丹尼爾馬上尖叫道。

「牠跑掉了，」媽咪解釋，「我到處都找不到，牠一定是趁我在車庫放東西的時候溜掉的。」

「可事，媽——」我抗議道，「殺手從來不曾跑掉過啊！牠從沒這樣過。」

「凱兒說的對，」丹尼爾也附和道，「牠還沒勇敢到會自己跑掉。」

「別擔心，」媽咪接著說，「我們一定會找到牠的。我已經打電話報警了，他們現在已經出去找了。」

「我一定會找到殺手的。」丹尼爾大叫，「我敢打賭我一定可以趕在警察之

這句英文怎麼說

門在兩人身後重重甩上。
The door slammed shut behind them.

前先找到殺手的！來吧！卡羅。」

丹尼爾隨手抓了一把狗狗的玩具跑出去，卡羅則緊跟在他身後，門在兩人身後重重甩上。

可憐的殺手，牠孤伶伶的躲在某個地方，或許還迷路了。

我敢打賭牠一定嚇壞了。

我們的新家離公路很近——也就是離飛馳的車子很近。

狗狗會不會出了什麼事？

我突然覺得很想哭，抓了裝著海綿的罐子就跑上樓。

「都是你的錯，對不對？」我怪罪這個生物，「我敢說，你根本就是酷綿！」

我講話的時候，酷綿的脈搏跳動起來，晃得很厲害，我以爲它會搖到罐子外面來。

啪——噗、啪——噗……

它的呼吸聲音又急又深。

呼嘩——啊——呼嘩——啊……

我猛力把酷綿甩出去。

「我們已經夠倒楣的了！」我悲慟的大聲咆哮，「這麼做或許會讓你收手。」

我使盡全身力氣將這可怕的東西往牆上一扔。

啪噠一聲，酷綿撞上牆壁，發出噁心的聲音。

而我也痛得尖叫出來——

這句英文怎麼說

這麼做或許會讓你收手！
Maybe this will stop you!

11.

我往下一瞄，看見一片腥紅。

腥紅的鮮血……在我左手上流著。

原來我手往下甩時撞到了書桌，而且剛好撞上剪刀的銳角。

「噢……」我一邊呻吟，一邊檢查我的手，傷口又深又嚴重。

我趕緊用衛生紙壓住傷口，減緩出血量，再垂眼望向地上的酷綿。

死掉吧！

我心中這麼希望著。

接著我彎下了腰。

「爛斃了！」我大罵道。

酷綿邊呼吸邊跳動著，比之前任何時候都還要快速有力。

呼嘩——啊——呼嘩——啊——

我傾身靠近。

嘻、嘻、嘻。

「嘿，那是什麼聲音？」我低語著。

嘻、嘻、嘻。

我想一般人會將這種聲音視爲笑聲吧，一種冷漠、殘忍的竊笑聲，但聽起來和咳嗽聲更相近。

當我聽著邪惡笑聲的時候，酷綿也產生了變化。

它的色澤突然明亮起來，從黯淡的棕色變成亮粉紅色。正當我看得目瞪口呆之際，酷綿又轉變成鮮豔的番茄紅。

那種紅色宛如我傷口流出的血。

我的手……哎呀！血液滲透過衛生紙，緩緩滴落到地板上去了。

這樣的傷口需要幫助——媽咪的幫助。

這句英文怎麼說

酷綿的顏色為什麼會改變？
Why did the Grool change color?

「媽咪！」我放聲大叫，跳了起來，「我需要ＯＫ繃，大片的！」

衝下走廊時，一大堆問題浮上我的心頭。

酷綿的顏色爲什麼會改變？那種笑聲，我從來不曾聽過！

那是什麼意思？它眞的在笑嗎？

我將酷綿往臥房牆上用力一扔時，把它摔傷了嗎？它是因此才變紅的嗎？

好多好多令人驚駭的問題……

我在門口豎耳傾聽，手還彎成杯狀附在耳後。

有聲音——從我房間裡傳來的。

「誰在那裡？」我聲音顫抖的問道。

門「砰」的一聲打開了。

「是酷綿的鬼魂哦——」丹尼爾佯裝幽魂的聲音低聲說著，「嗚嗚……」

丹尼爾和卡羅就站在沙鼠籠上方個咯咯直笑。

「喔，我好怕喲……」我發出冷笑，「你們找到殺手沒？」

「沒有，」丹尼爾沮喪的回道，「我和卡羅把附近區域都找遍了，媽咪說警察會找到牠的。」

我回過頭來看了一眼沙鼠籠。

「酷綿怎麼會回到裡頭去的？」

「我在地板上發現它，就把它放回籠子裡去。」丹尼爾說，「它是怎麼出來的？」

「這可難倒我了，」我聳聳肩，「我不想解釋。」

正在仔細觀察酷綿的卡羅盯著我看。

「嘿，妳的手怎麼了？」他指著我手上的繃帶問道。

但我不想告訴他們。

「沒什麼啦，只是一點小傷。你們兩個傢伙幹嘛站在那裡盯著酷綿看？」

「卡羅想要借它，」丹尼爾解釋道，並拍拍籠子，吸引那生物的注意，「我告訴他不借。」

「拜託啦，我保證會很小心的，拜託、拜託……」卡羅轉向我懇求道。

這句英文怎麼說

我該把這個海綿生物交給卡羅嗎？
Should I give the sponge creature to Carlo?

哼！那個蠢酷綿……

「噢，要就拿去，別還了。」我突然發脾氣說道。

「好極了！」卡羅雙眼發亮，興致勃勃的伸手到塑膠籠裡抓取他的獎賞。

「等等！」丹尼爾大叫一聲，抓住卡羅的手臂阻止他。「凱兒，妳記得《奇珍異寶百科全書》裡說什麼嗎？」

丹尼爾憑著記憶，背誦出那段與酷綿有關的說明文字，眼睛還一直瞪著我不放。

「酷綿無法送人或拋棄，任何把酷綿送人的人，一天之內就會死亡。」

剎那間，有種恐怖的感覺在我的胃部滋長。

但我無法相信那本蠢書上頭說的東西。還是我該相信呢？

百科全書裡有說到酷綿會笑、會改變顏色嗎？

沒有。

卡羅和丹尼爾直盯著我看，等我做決定。

我該把這個海綿生物交給卡羅嗎？

我仔細的打量著酷綿。

「不要這麼做，凱兒……」丹尼爾懇求著，「請妳不要把它送人，這樣太危險了。」

我只知道一件事——現在我一心想趕快弄走酷綿，越快越好，所以我決定如果卡羅真的想要，那就讓給他吧！

「拿去吧，卡羅，」我說，「把這噁心、討人厭的東西拿走。」

丹尼爾把酷綿從籠子裡揪出來，緊緊的抓在手裡。

「不行！」他大吵大鬧了起來，「卡羅不會拿的，不管妳說什麼，我都不會讓他拿走的。」

「看看現在誰才是膽小如鼠的人？」我一邊問，一邊在丹尼爾的手臂上戳了一記。

「我是要救妳耶！」丹尼爾扯開喉嚨大喊，「難道妳不懂嗎？」

可憐的丹尼爾，他看起來好認真、好害怕，我決定放他一馬。

「那好吧，卡羅，我想你還是別把酷綿拿走。」我宣布道。

這句英文怎麼說

現在誰才是膽小如鼠的人？
Now who's the scaredy-cat?

丹尼爾頓時鬆了一口氣，卡羅則皺著眉頭。

「好吧！那拜拜，我走啦。」

「我跟你去。」丹尼爾說著把酷綿扔回籠子裡。「來吧，我們騎腳踏車到公園去，或許殺手會在那裡。」

丹尼爾匆匆走出房間時，還回頭對我豎起大拇指。

他們倆走了之後，我在床上癱了下來。

接著又會發生什麼事呢？

我抬起眼來看了看塑膠籠子，瞟了酷綿一眼，感覺到那個小生物正散發出深深的恨意。

「如果再發生一件壞事，我就燒了你！」我對它說，「我會把你埋在很遠、很遠的地方，讓別人都找不到你、看不到你——永遠都找不到！」

這個承諾我很快就必須信守。

12.

第二天早上，我被搖醒了。

嘟嘟！嘟嘟——

丹尼爾站在我床腳前，嘴裡吹著宴會號角。

「起床時間到了，凱兒！」他高聲宣布。

我伸手抓住吵死人的號角，把它丟掉。

「別鬧啦，你這輸家。」我喃喃的說，然後我突然記了起來。

我的生日終於到了！這是值得慶祝的一件事。

於是我跳下床，準備去驚奇樂園囉！

我打算在西雅圖極速划水船和大海嘯滑水道待上一整天。

這句英文怎麼說

我們恐怕得取消你的派對。
I'm afraid we'll have to cancel your party.

下床後，我跑到窗戶邊，透過玻璃往外看。

「啊！不——」我失望的哀叫道，「不會吧？不可能的！」

只見外面大雨傾盆而下，閃電劃過天際，而且雷聲隆隆，聲音大到讓我覺得連房子都在搖。

天氣這麼糟，我們怎麼去驚奇樂園嘛！

「凱兒，」媽咪的聲音從樓下傳來，「吃早餐了。」

我急忙套上紫色和粉紅條紋相間的緊身褲，及一件紫色T恤，跑到廚房。生日的當天，媽咪總是會做我最愛吃的早餐——草莓加糖粉的鬆餅。

「壽星來了，生日快樂！親愛的。」媽咪滿臉笑容，給了我一個大大的擁抱。

「我穿好派對的衣服了。」我在餐桌旁坐下，懷著希望說道。

「噢……親愛的，我們恐怕得取消妳的派對。」媽咪難過的說，「這種暴風雨的天氣，我們沒辦法去驚奇樂園了。」

取消？

我不悅的戳了戳鬆餅。

「我們不能在這裡開派對嗎？在室內？」我懇求道，「我們可以訂個披薩，在房裡玩電腦遊戲。」

「妳知道我們不能……」媽咪說，「油漆工人一整天都會在客廳和餐廳工作，屋子裡到處都是梯子和油漆罐，我不能讓妳的朋友們隨便亂跑的。」

真是倒楣透頂了！

「可是，媽咪，今天是我的生日呀！」我抗議著，把叉子扔下，「妳答應要幫我辦生日派對……妳答應過的！」

媽咪無奈的嘆了一口氣。

「凱兒，我知道妳非常失望……我們改天再幫妳補辦好了，就下個週末吧。」

換一天辦就不是我的生日了。

「所有的事情都不對勁！」我不由得大喊道，「從我們搬家以後就什麼都不對了！」

我討厭這個新家，甚至討厭我的生日，但最令我痛恨的還是酷綿！

我把鬆餅留在盤子上，跑回房去，把酷綿從籠子裡揪出來，死命的搖它。

「我警告過你的！」我威脅道，「你毀了我的生日，現在你必須付出代價。」

酷綿在我手裡興奮的跳動著，我把它扔回沙鼠籠裡。

「我恨你！」我尖聲大叫，「眞的恨死你了！痛恨你和你的狗屎運！」

我砰的一聲在書桌前重重坐下，決定自己必須採取行動——激烈的行動！

沒有生日派對就不再有酷綿。

「我要遵守我的諾言。」我告訴酷綿。

接著，我從書桌抽屜裡掏出一本筆記本，訂定擺脫它的計畫。

「丹尼爾，雨停了，」我低聲對弟弟說，「來吧，是時候了。」

酷綿在塑膠容器裡震動著。

啪——噗，啪——噗……

丹尼爾從電腦螢幕上抬起眼來。

「現在？」他問，「饒了我吧，凱兒，我目前在第十關，只要再大殺一個回合就可以打開寶藏櫃了。」

這句英文怎麼說

所有事情都不對勁！
Everything's going wrong!

「這件事很重要……『眞的』很重要。」我很堅持的說。

丹尼爾嘆了一口氣。

「妳認爲應該這麼做嗎？妳明明知道書上怎麼說的。」

「我必須這麼做！」我大喊，「要記住，這是酷綿的錯，殺手才會不見的。」

丹尼爾肯定又緊張又害怕。

但他還是聽話的按下了「恐怖大輪戰」的儲存鍵，跟著我來到後院。雨下了一整天，但墨黑如炭的夜空居然出現了不少顆星星。

「喏，你拿著酷綿。」我小聲說著，把那生物推到他發抖的雙手裡。

我一路輕快的跳著，來到車庫——這幾天以來，我第一次感到高興。我就要擺脫酷綿啦，不禁對著自己唱起歌來。

我抓起找到的最大鏟子，回到丹尼爾身邊，動手挖了起來。

這洞穴可不能隨便挖挖，一定要夠深才行，一定要讓酷綿永遠都爬不出來。

儘管涼風徐徐，在潮濕的地上挖洞仍是相當費力的工作，汗水從我的背部和額頭上一滴滴的落下。

這句英文怎麼說

丹尼爾沉默的將海綿遞給我。
Daniel silently handed the sponge to me.

我一點也不害怕。我必須採取一些行動，讓生活恢復正常；必須阻止所有厄運的發生。

如果這意味著得活埋一隻活生生的海綿，那就做吧。只要我不必再看到那愚蠢、會偷偷竊笑的生物就好。

我俯視著洞裡。洞看起來相當深，大約有我手臂長度一般深。

「挖好了，」我告訴弟弟，「把酷綿拿給我。」

丹尼爾沉默的將海綿遞給我。

當我把海綿放到深穴上面時，它既沒有跳動，也沒有呼吸，甚至感受不到它的溫度。

感覺上它是乾巴巴的、是死的，就像平常廚房用的海綿一樣。

不過這瞞不了我。

我放手讓酷綿落入洞裡，興奮的注視著它從筆直的泥穴邊，一路翻跌到洞穴底。

我再次拿起鏟子，將泥土翻蓋到這個生物上——一鏟接著一鏟。

一挖、一蓋，一挖、一蓋……

直到洞穴終於被填滿，我用鏟背把土壓平。

「這麼一來，」我說，「除了我們，就沒人知道酷綿被埋在這裡了。」

我低頭看著鬆軟、潮濕的泥土。

「拜拜啦，酷綿，」我高興的喊著，「丹尼爾，我想我們就要改運了！」

丹尼爾沒有回答，我轉身一看——

「丹尼爾……丹尼爾，你在哪裡？」

我弟弟不見了。

這句英文怎麼說

我想我們就要改運了。
I think our luck is going to change now.

13.

我剛剛做了什麼事？

一陣慌亂中，我拋下鏟子。

「丹尼爾，」我放聲大喊，「你在哪裡？」

是我讓弟弟失蹤的嗎？

在埋掉酷綿的同時，是不是也讓丹尼爾消失在稀薄的空氣中呢？

「丹尼爾？丹尼爾……」我用顫抖的聲音叫喚著。

這時背後的車庫傳來輕微的沙沙聲。

我悄悄往車庫的方向潛伏過去。

「丹尼爾，」我壓低聲音問，「是你嗎？」

沒有回應。

我往身後的車庫匆匆一瞥，只見丹尼爾屈膝坐著，雙手緊緊的摟住膝蓋，安然無事。

「丹尼爾！」我大喝一聲，搥了他一拳，心中頓時如釋重負。

「可別再一拳喔！」他氣得跳起來回我。

「你在這裡做什麼？我擔心得不得了，還以爲你讓酷綿抓走了。」

丹尼爾沒有回答我，只是低頭看著地上。

「你爲什麼躲起來？」我問他。

「我很害怕，」他低聲說道，「我以爲酷綿會爆炸、會反擊或發生什麼事。」

「你害怕？你聽見我叫你至少也該應一聲，爲什麼不出聲呢？」

「我以爲酷綿可能會在後面追妳啊！」他承認道，一張臉脹得通紅。

「丹尼爾，別擔心。」這個可憐的傢伙眞的嚇壞了，他剛剛躲起來，所以此刻覺得羞窘萬分。

我把雙手放在他的肩膀上。

這句英文怎麼說

我們再也不會見到酷綿了。
We'll never see the Grool again.

「酷綿不在了，它被深深的埋在土裡了。」

他困難的吞嚥了一下。

「可是如果它回來了怎麼辦？如果書上說的事情成真了怎麼辦？」

「今後我們再也不會見到酷綿了，」我平靜的告訴他，「而且別忘了，書上也說酷綿不是真實存在的東西，是虛構的，只是個神話傳說。」

丹尼爾嘆了一口氣。

「我真的很不想承認，不過妳說的對，凱兒。」他說，「至少這一次是對的。」

「這一次？」我隨即吼回去，「不是一直都對嗎？」

我用力拍了拍丹尼爾的臂膀。

「哎呀，很痛耶！我快要痛暈過去了啦……」丹尼爾挖苦似的大叫，跌在濕漉漉的草地上佯裝要昏倒的樣子。

「來吧，我們走了，」我出聲催促道，「你全身快濕透了，我則是一身泥巴。」

丹尼爾搖搖晃晃的站起來，用手肘把我撞開。

「我們來比賽誰跑得快！」他大喊，隨即朝著屋子衝去。

我跳上階梯，在進屋的前一秒鐘贏過他，接著甩上紗門，緊緊壓住，讓丹尼爾打不開。

「我贏了！」我喊道。

「那是因爲我讓妳。」丹尼爾大喊，用力拍著門。

「你想進來嗎？」我問。

丹尼爾點點頭。

「那就說：『凱兒是公平、正當贏我的。』」我命令道。

「絕不！」他回答。

「那你就一整晚待在外面吧，這樣可以和酷——綿在一起囉！」我故意發出長長的鬼號聲告訴他。

「好啦、好啦！凱兒是公平、正當贏我的，」丹尼爾咬牙切齒的說，「不過下次我會贏回來！」

老實說，我並不在乎賽跑結果。埋掉酷綿以後，我的心情非常好，即使讓丹尼爾跑贏個十次也無所謂。

這句英文怎麼說

只是在院子裡晃晃。
Just fooling around in the yard.

當我們兩個進入客廳時，媽咪和爹地的眼睛從報紙上抬了起來。房子裡充滿新油漆的味道。

「你們到哪裡去了？」爹地問。

「喔，只是在院子裡晃晃。」我回道。

「一切都還好吧？」媽咪關切的問，「瞧你們弄得髒兮兮的。」

「現在……」我回答，「一切都好了。」

「那好，先去洗乾淨，」媽咪命令著，「再到廚房來。」

我和丹尼爾擠進浴室，傾身靠在洗臉檯上互相推擠，各自將自己清理乾淨。

「妳知道現在是什麼時間嗎？」我跑進廚房時，媽咪問我。

「知道，」我高興的大喊，「是吃生日蛋糕的時間。」

媽咪露出滿臉笑容。

「來，過來這裡坐。」

我一臉興奮、重重的坐到她指定的椅子上。

丹尼爾也在我身旁的椅子上坐下來，抓住我的手臂，低聲說：「有壞事要發生了，我知道……我就是知道。」

今晚，我才不想讓任何壞事來破壞呢。

「別那麼膽小沒用，」我小聲的回答，「一切都很好。」

媽咪正在廚房的流理檯上準備蛋糕，她用火柴一一點燃十三根蠟燭——每一根代表一歲，多的一根則意指幸運。

生日蛋糕眞是超優的，那是媽咪從街尾的糕餅店訂購的，上面鋪滿所有我最愛的東西：粉紅色的糖霜玫瑰花、巧克力糖衣，外加一大層草莓，還有一個小小的巧克力摩天輪就在蛋糕上頭。

「準備好了沒？凱兒。」媽咪邊問邊把蛋糕端到餐桌上來，她的臉在燭光的輝映下散發著快樂的光彩；爹地則用一個大大的笑容來照亮我。

他們都準備好要唱歌了。

「祝妳生日快樂。」

我看到丹尼爾唱歌時還仔細的打量我。

他們唱完歌，我也閉上眼睛許願。

這句英文怎麼說

我閉上眼睛許願。
I shut my eyes and made my wishes.

「我希望殺手回家，」我對自己說著，「但酷綿永遠不要回來，還有丹尼爾說錯了——不會有什麼壞事發生的。」

我傾身靠近蠟燭，用力一吹。

噗！

廚房裡突然傳來很大的聲響，害我差一點跌進蛋糕裡。

14.

「天哪，拔軟木塞的聲音還眞大。」媽咪嘴裡叨念著。

她放下擺著玻璃杯及一大罐綠色瓶子的托盤。

「這是妳最愛的——泡泡蘋果汁，」她宣布道，「我知道這比不上到驚奇樂園玩一天……」

「噢——媽咪，」我屏氣說道，一顆心猛烈跳著，「這樣已經很棒了，以後一切都會很棒的。」

這眞是個很棒的生日。有蛋糕、泡泡蘋果汁及生日禮物——兩個新的電視遊戲、一個CD隨身聽和幾張CD、一個紫色的背包，還有一件粉紅與紫色花樣的運動衫——這是我最愛的顏色。

這句英文怎麼說

以後一切都會很棒的。
Everything is going to be great.

當晚上床前，我把學校的課本全塞進了新背包裡。我注視著沙鼠籠——乾淨的籠子裡空無一物，彷彿酷綿從來不曾存在過。

我擺脫掉那令人作噁的生物了，我真的辦到了。

我們全家人今後終於可以平平安安、遠離厄運了。

客廳裡的鐘敲了十下，上床的時間到了。我套上睡衣，鑽進被窩中。

第二天鬧鐘響的時候，我跳下床，跑到窗邊去查探天氣好不好。

「噢！不——」

我驚駭得沉聲慘叫。

後院——看起來就像一片荒漠！

經過一晚，整片草地都枯黃了，粉紅色的秋海棠落了滿地，花株凋萎，爹地的紅玫瑰花也全都枯黑殆盡。

可憐的爹地，他費了好大的心力才讓後院呈現欣欣向榮的景象，而現在卻……

我瞪著醜陋不堪、一片凋零的後院，努力平復心頭震驚與難過的思緒，但心底卻對眼前發生的事情一清二楚。

是酷綿！

酷綿從墓穴裡發威，把邪惡的力量轉移到草地上來了——它殺死每一株活著的植物、每一朵花、每一棵草！

我該怎麼做？

我的思緒不停轉著，眼睛盯著外面焦黃枯萎、籠罩著濃濃死亡氣息的後院。

我該把酷綿從地下移出來嗎？

還能有其他選擇嗎？

不見得。

於是我迅速套上新運動衫和牛仔褲下樓，躡手躡腳的溜到先前埋葬酷綿的地方，動手挖了起來。

枯黃的乾葉紛紛落在我的頭上，肩膀因爲鏟起潮濕沉重的泥土而疼痛不堪，連胃部也不太舒服。

一挖、一丟，一挖、一丟，挖得越深，我的感覺越糟糕。

這句英文怎麼說

我有其他選擇嗎？
Did I have a choice?

我很想扔下鏟子跑掉，永永遠遠把這可怕的生物埋在地底下。

可是，我必須面對現實。如果我繼續把酷綿埋起來，它就會繼續處罰我們全家。

我挖到洞的底部，彎下腰來，用兩隻手把泥土撥開。

就在我恐懼的眼底，酷綿緩緩進入我的視線範圍。它跳動著，比從前更加生氣蓬勃，也更興奮。

「我應該用鏟子把你打爛的！」我對著它大喊。

酷綿瘋狂的震動著，好像我說了什麼讓它高興的話。

啪——噗，啪——噗……

我聽得見它的呼吸聲。

接著，它再一次由棕色轉爲粉紅，最後變成番茄一般的鮮紅色澤，而且呼吸時，顏色也不斷的改變。

棕色——粉紅——鮮紅色；棕色——粉紅——鮮紅色。

我把酷綿從洞穴裡抓出來時，它跳動得很厲害，直接從我手上跳掉，跌落到

地面上。

「別動！」我尖聲大叫，把它掐起來。

酷綿瞪著我——用一雙小小圓圓、散發著邪惡光芒的眼睛瞪視著我。

我全身發抖，咬緊牙關，把酷綿塞進新運動衫的口袋裡，再拖著沉重的腳步回到屋裡，穿越廚房門，走進樓梯間。

在樓梯下面，我聽見了聲響，聲音從媽咪和爹地的臥室裡傳出來。

他們醒了，我必須在他們看見我、問我一堆問題之前趕快上樓，這就是我所需要做的。

我跳上樓梯，兩步併作一步。

碰！我滑了一跤，右膝重重的撞到地板。

「唉喲！」我大叫。

我感覺到酷綿在口袋裡搖晃，還聽見它難聽的竊笑聲。

嘻、嘻⋯⋯

它在嘲笑我！

我從口袋裡拿出酷綿用力的掐它，掐到我手指都疼了，才跑回房間，將它扔回沙鼠籠裡。

「我會找出方法來毀滅你的，」我信誓旦旦的說，並揉揉疼痛的膝蓋，眼睛瞪著酷綿，高聲叫嚷：「在你還沒帶給我們更多厄運前，我一定會毀掉你的！」

但是該怎麼做呢？

我要怎麼辦？

這句英文怎麼說

它在嘲笑我！
It was laughing at me!

15.

「孩子們，你們露意絲阿姨明天要來喔。」次日清晨，媽咪告訴我和丹尼爾，「所以今天放學後，你們要整理一下自己的房間。」

「露意絲阿姨要來嗎？」我問道，「太好了！」

露意絲阿姨是所有姑媽和阿姨中我最喜歡的。她雖然是大人，不過超酷的！她愛穿長長的花洋裝，開著一部鮮黃色的敞篷車。而且露意絲阿姨吹的泡泡糖是最大的，還知道很多超好笑的笑話。

媽咪說露意絲阿姨的頭長在雲端裡，我想那是說她很有想像力吧！我不是很清楚，不過她的確知道很多事情，天文學和塔羅牌她都有涉獵。

或許……她也知道酷綿的事。

這句英文怎麼說

她愛穿長長的花洋裝。
She wears long, flowery dresses.

當晚，在我整理好房間要上床之前，對酷綿說了一聲很「特別」的晚安。

「我阿姨明天要來，她會幫我永遠擺脫掉你的。」我輕聲說道。

它抬眼瞪視我，輕輕的呼吸著。

第二天傍晚下課後，我和丹尼爾一轉過街頭到了巷口，就看見車道上停著露意絲阿姨的敞篷車，接下來的路程我們便一路跑回去。

「嘿——怎麼啦？」我們衝進屋裡時，露意絲阿姨喊道，一頂扁扁的黃色草帽蓋在她黑色的卷髮上。

在丹尼爾還沒摸著露意絲阿姨的衣襬前，我伸手就摟住了她，並在她耳邊輕聲低語著：「跟我上樓，現在哦！超重要的。」

阿姨摘下頭上的帽子，戴到我頭上。她喜歡我戴這頂帽子的模樣。

「超重要的？」她問。

「對。」我小聲回答，一把抓住她的手臂，把她拖往樓梯那邊。

「妳聽過酷綿沒有？」我問。

「酷綿？嗯……我得想想。」她回答，腦筋轉著，「沒有，我想是沒聽過。酷綿是什麼呀？」

「丹尼爾在一本百科全書裡找到一張圖片，書上說那是一種古代的神話生物……」

「親愛的，既然是神話，就表示它不存在。」露意絲阿姨打斷我的話。

「不過，它不是神話裡才有！」我不耐煩的叫出聲來，「我之所以知道，是因爲我就有一隻！它還惹來許多麻煩。」

阿姨跟著我走向房間。

「那妳聽過懶猊粿沒？」我又問。

她搖了搖頭。

「那是百科全書裡所列的另外一種生物，長得像一顆馬鈴薯，不過有一口尖銳的利牙。」

「天哪，聽起來好噁心。」露意絲阿姨驚叫道，「多說一些那個……那個酷綿的事情給我聽吧。它長得像什麼？」

這句英文怎麼說

既然是神話，就表示它不存在。
If it's mythical, that means it doesn't exist.

「就在這裡，我拿給妳看。」

我說著把她拉進房裡，指著沙鼠籠，酷綿就蹲在角落裡。

露意絲阿姨走到籠子前。

「你就是酷綿喔。」她一邊說，一邊傾下身來，伸手去拿。

「等等！」我大叫一聲，「或許妳不該去碰它。」

但是，我話說得太遲了。

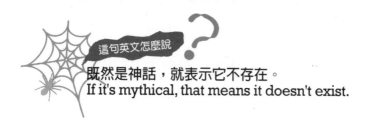

16.

露意絲阿姨拿起酷綿，把它放在掌心裡，仔細的研究了好一會兒。

然後她轉身面向我。「凱兒，這只是個乾掉的海綿罷了，有什麼大不了的？」

「但……但是……」我結結巴巴的說。

「噢！我懂了，」她笑道，「妳眞的騙到我了喲！我還以爲妳是說眞的呢！」

接著她把酷綿對著我扔來。我想抓住它，不過卻不想碰到它，所以它就啪一聲跌到地板上。

「很好笑喔，孩子。」她轉身離開，還咯咯直笑。「妳的想像力眞豐富，就像妳阿姨一樣。」

我撿起酷綿，並靠近檢查著。

這句英文怎麼說

你真的騙到我了喲！
You really had me fooled!

沒有溫度。

沒有呼吸。

而且完全不動、又乾又硬的，不過是塊普通的海綿。

露意絲阿姨以爲我在開玩笑，不過，眞正被開玩笑的人是我，酷綿又再次戲弄了我。

我把它用力的擲回沙鼠籠裡，只見它毫無生命跡象的躺著。

「我希望你爛在那裡算了！」我的脾氣再度爆發。

就在我滿眼的驚奇下，乾巴巴的棕色海綿居然逐漸豐潤起來，幾秒鐘之內，就變成豐滿濕潤的模樣。

「好噁心！」我低號一聲，注視著它轉爲粉紅，再變成紅色。

酷綿激烈的呼吸、喘氣。

呼嗶——啊——呼嗶——啊——

一對小小的黑眼睛興奮的往外盯著我瞧。

酷綿還輕輕發出竊笑聲。

它高興個什麼勁兒呀？又沒發生什麼可怕的事。

還是發生什麼事了嗎？

我想到爹地從樓梯上摔下來，想到樹枝的事、范德芙老師的手指頭、殺手跑掉，還想到我被破壞得一塌糊塗的生日派對，我們家乾枯、報銷的後院……

它太過分！太過分了！

我發出一聲絕望的長號，把那邪惡的東西從籠子裡揪出來，狠狠的往桌面上一摔。

我激動的喘著氣，一顆心狂跳不止。接著，我抓出一本最重的課本，猛力、死命的往酷綿身上打下去。

「去死吧！」我大吼道，「拜託去死吧！」

我高高的舉起書，用力的拍打著酷綿，一次又一次，用力之猛，足以讓任何東西死亡。

最後，我停下手，整個人氣喘吁吁，兩條手臂發疼，低頭去看我的成果。

好噁！爛成了一團……

這句英文怎麼說

他高興個什麼勁兒呀？
Why was it so pleased with itself?

酷綿棕色和粉紅色的碎屑灑了我一整面書桌，我把它打得四分五裂，變成碎片了。

「太棒了——」我氣喘如牛的大叫，「耶！」

終於……我終於毀掉這邪惡的生物了。

「太棒了！」我再次大叫著。

但喊叫聲猛然卡在我的喉嚨裡。

只見書桌上粉紅色和棕色的碎片漸漸移動，我驚恐的張大眼睛往下看，全身不由得顫抖了起來。

17.

「不會吧？」我低聲喊道。

不過事情就是發生了。

碎片——就是酷綿身體的碎片居然滑過桌面，穩穩的滑動著，接著一起滾動，滾著、滾著就聚到一塊兒了。

最後形成一顆棕色的球，回復海綿原有的樣子。

這當中的時間很短，頂多一分鐘而已。

而現在，酷綿再度張著眼睛瞪著我。它震動得很厲害，事實上，連我的書桌都搖晃了起來。

它殘忍的竊笑聲劃破一片靜寂。

這句英文怎麼說

酷綿再度張著眼睛瞪著我。
The Grool stared up at me again.

嘻！嘻！嘻！

「閉嘴！閉嘴——」我高聲尖叫。

但是竊笑聲更大了。

簡直氣瘋的我，從洗衣籃裡抓出一隻臭襪子，捏住酷綿，把它扔回籠子裡去。

嘻！嘻！嘻……

我高吼一聲，臉朝下的把自己埋進床上，掩住耳朵。

「我這輩子難道都得忍受這種厄運嗎？我到底能夠採取什麼行動呢？」

我嚇壞了，既生氣又困惑，即使要假裝維持平時的愉快模樣都做不到。

當露意絲阿姨帶我和丹尼爾出去吃冰淇淋時，我連一小杯的白脫糖口味聖代都吃不完。換作平常，我一個人可以輕輕鬆鬆的吃掉三層。

但是，我怎麼可能高興得起來？我被酷綿纏住了——永遠的纏住了。

「起床，凱兒，起床！」一陣低喚在我耳畔響起。

我緩緩的把頭抬高，離開枕頭。

「啊？」

丹尼爾在我頭上一吋左右的高度，來來回回的搧著他的書包。

「把那個拿走！」我大吼一聲，伸手去抓。

「嘿，我只是想幫妳而已嘛！」他說著，把包包拿走。「妳上學要遲到了，最好加緊動作喔！」

說完，他跑出我的房間。

我掀開棉被，衝到衣櫥前，套上我的「拯救地球」運動衫和一條紫花的緊身褲，突然想到——

「丹尼爾，你這個壞傢伙！」我高聲怒罵，「我們今天不用上學，老師們要開會。」

他偷偷的往我房裡頭瞄。

「騙到妳啦！」他心滿意足的說。

我拿起枕頭扔他的頭，正中他的臉——漂亮！

「妳的運動風度很差耶！」他邊說邊笑，「卡羅早餐後會過來，我們可以玩

這句英文怎麼說

卡羅早餐後會過來。
Carlo's coming over after breakfast.

『百萬怪獸戰士』。」

我當著他的面把門甩上。

丹尼爾的蠢把戲通常都不會讓我太惱火，而學校放假一天向來更會讓我心情絕佳。

但是，我怎麼快樂得起來？我只會一直猜測下一個要發生的倒楣事不知道會是什麼。

今天酷綿會招來什麼厄運？

早餐後，我在後陽台附近看雜誌，盡量不去注意丹尼爾和卡羅玩電腦遊戲時發出的尖叫和大笑聲。

我真的好想念殺手。以前我看書時，牠總是倚坐在我身旁。

大約一個鐘頭後，我覺得有點無聊，決定上樓回房去寫我的社會作業。

我必須要完成一篇范德芙老師規定的文章——「我的家人以及他們對我的意義」。

不過，我滿腦子想的都是酷綿，以及它如何徹底的毀了我們家。

截至目前爲止，我寫的只有：「我是凱兒．莫頓，我的家人對我重要得不得了。」

這樣的內容顯然很難得到Ａ，但這份作業明天早上就得交了。

我決定休息一下，走到廚房給自己倒一杯巧克力牛奶，並抓一把燕麥餅乾。

上樓的途中，我往書房裡看了一眼，裡頭似乎很安靜。

我沒看見卡羅，只有丹尼爾在裡面玩著「水底探險」。

「卡羅去哪裡了？」我問。

「呃……」丹尼爾嘴裡應著，視線始終盯在一路閃爍越過螢幕的潛水艇和魚雷上。

「我的問題對你而言太難了，是不是？」我諷刺的問，「那我問慢一點，卡——羅——去——哪——裡——了？」

「回家了。」他嘴裡嘟囔著。

「是不是你炸掉的敵方潛水艇比他多，他就生氣了？」我開玩笑的說。

丹尼爾沒有回答。

這句英文怎麼說

我的問題對你而言太難了，是不是？
Was my question too hard for you?

我上樓回到房裡，把牛奶和餅乾放下，忍不住往沙鼠籠瞧了一眼。

剎那間，一陣驚悚的寒意從我背脊直竄而下，原因不是因爲我看見了什麼，而是因爲——我沒看見！

籠子裡面空蕩蕩的，酷綿不見了。

它逃掉了……

18.

它是怎麼逃掉的？

酷綿從前甚至連出籠子都沒嘗試過。

事實上，這個蠢海綿似乎對於到別的地方興致缺缺。

那它現在爲什麼會不見？

它到哪裡去了？

它又打算製造什麼麻煩？

我告訴自己，它沒有腳，一定走不遠的。

我想大聲叫丹尼爾，但因爲過度驚慌，聲音卡在喉嚨出不來。

我瘋狂的四下尋找酷綿，還把肚皮貼在床下找，可是酷綿並不在那裡。

這句英文怎麼說

它是怎麼逃掉的？
How had it escaped?

緊接著，我把櫥子裡所有的東西都拉出來找，化妝台抽屜也一一打開來——但都不見酷綿的蹤影。

我把房間裡每一吋地方都翻遍了，甚至還出聲呼喚它：「酷綿，到我這裡來……酷綿，到我這裡來。」

不！不可能……這東西不見啦！

《奇珍異物百科全書》裡的話突然浮現在我的腦海——「任何把酷綿送人的人，一天之內就會死亡。」

「丹尼爾！」我高聲尖叫著，「丹尼爾——」

我急忙衝下樓，跑到視聽室，猛力搖著丹尼爾，把他手上的滑鼠都晃掉了。

「酷綿不見了！」我高喊道，「它逃走了！」

丹尼爾這才從電腦螢幕前轉身。

「我不懂，妳說……『不見了』是什麼意思？」

「它跑了，籠子是空的！」我哀號道。

丹尼爾的臉霎時皺成一團，努力思索著。

「我知道它在哪裡了，是卡羅拿的。」

「啊？」我大叫，「你怎麼可以……怎麼可以讓卡羅把它拿走？」

「我沒讓他拿呀！」丹尼爾怒氣沖沖的回答，「一定是他離開的時候抓走的。卡羅認為它只是個大玩笑，還說一個小不隆咚的海綿怎麼可能做出什麼壞事。」

「真是個蠢蛋！」我不禁咬牙罵道，「或許我們該讓他把酷綿留著，這樣他才會學乖——好好的學乖！」

「凱兒，不行！」丹尼爾驚叫道，「他是我最好的朋友，我們必須在恐怖的事情還沒發生前，把酷綿從他手上奪回來。」

於是，我和丹尼爾從樓梯間的衣櫥裡拉出各自的外套，迅速跑到外面的車庫，跳上腳踏車，火速往楓樹巷狂飆而去。

「你想他會去哪裡？」我大聲叫道。

「我們先試試學校的遊戲場吧，」丹尼爾提議道，「那裡總是聚集著一群小孩。」

「對呀！而且卡羅最愛秀了，」我驚聲喊道，「他可能會直接到遊戲場去秀

這句英文怎麼說

你想他會去哪裡？
Where do you think he went?

酷綿。」

「他不是個愛秀的人！」丹尼爾抗議。

「他是！」我爭辯道，腳下狂踩著腳踏車越過丹尼爾，趕在前面。

幾分鐘後，我到了栗樹街。

「再兩條街就到了。」我一邊氣喘吁吁的叫道，一邊放慢速度，好讓丹尼爾可以跟上。

當我轉過街角時——

「噢！不——」我尖叫出聲，並急忙煞住車。

躺在街道中央的是誰？

卡羅嗎？

喔……是他！

是卡羅！他腹部朝下，趴在地上，手腳還伸到人行道上。

「我們來得太晚了！」丹尼爾見狀大喊，「我們來得太晚了！」

19.

我和丹尼爾跳下腳踏車後，將車子摔到地上。我們彎身去看卡羅，叫著他的名字。

「喔……」卡羅發出一聲低低的呻吟，緊抓著自己的右腿。

「卡羅！」我氣喘吁吁的對他吼道，「怎麼了？出了什麼事？你沒事吧？」

卡羅小心翼翼的彎起腿，一副痛到不行的模樣。

「我的膝蓋痛死了……從腳踏車上跌下來時扭到了。」

我抬起眼來，看見他的腳踏車倒在一棵樹下。

「事情是怎麼發生的？」丹尼爾虛弱無力的問，他最討厭看見血。

「一些大孩子要和我軋車，」卡羅呻吟道，「我不是很想啦……不過他們一

這句英文怎麼說

我們必須把酷綿要回來。
We had to get the Grool back.

直激我。」

他坐起身來，繼續揉著膝蓋。

「我根本就是用飛的，後來，呃……壓到一些碎石子，就撞上一棵樹啦。那些孩子覺得事情不妙，就騎著車子一哄而散，留下我一個人。」

「丹尼爾，幫我扶他站起來。」我說，並和弟弟用手臂撐住卡羅，帶他走到路邊。

我們呆呆坐在那兒，瞪著卡羅毀壞的腳踏車。腳踏車的把手看起來就像一支大號的法國號銅管。

「你知道嗎？」卡羅終於說話了，「我一直到人撞上去了，都還沒看到那棵蠢樹。」

丹尼爾戳戳我，我知道他心裡想的和我一樣。

是酷綿再次發威了……

我們必須把酷綿要回來。

「卡羅，酷綿在哪裡？」我問。

「就在我腳踏車的籃子裡。」他用手一指。

我伸手到扭曲成一團的車頭去摸籃子的四周，接著又了摸一次。

但籃子裡什麼也沒有。

「卡羅，拜託一下好嗎？」我抱怨道，「裡面哪有酷綿的影子。酷綿到底在哪裡？」

我的聲音拔高，顫抖了起來，驚恐的感覺全面襲來。

「啊？就在那裡呀！」卡羅篤定的說，「我就把它放那兒，打算帶回家。」

「噢，那當然了，卡羅，」我反駁道，「說得好像你沒意思要帶到遊戲場去現寶似的。」

卡羅不好意思的垂下了頭。

「呃……或許幾分鐘吧。」

「好，這下可好了！」我火冒三丈的說，「因爲你的緣故，酷綿弄丟了。」

丹尼爾傾身靠近我，一張臉嚇得慘白。

「我們必須把酷綿找出來，凱兒，」他輕聲說道，「還記得百科全書裡說的吧……如果在一天之內找不出來，妳會『死』的。」

「我沒忘。」我顫抖著聲音回答，「不過，現在我們要怎樣才能找到酷綿？它會在哪裡呢？」

這句英文怎麼說

就在我腳踏車的籃子裡。
Right there in my bike basket.

20.

「我連從哪裡找起都不知道。」我嘆了口氣。

「可能是我撞到樹的時候掉出來了……」卡羅提出他的看法，「說不定滾到附近了。」

丹尼爾拉拉我的袖子，催促道：「來吧，我們得加緊動作。」

卡羅站了起來。

「我最好先回家。」他說完後，一拐一拐的離開。幸運的是，他家就在下一條街上。

接下來，我和丹尼爾仔細搜尋附近這一整區，包括住家的門口、車子底下、花圃裡——所有酷綿可能會滾到的地方都搜索了一遍。

這句英文怎麼說

必須有人下去看。
Somebody will have to go down there.

但我們的運氣滿背的，一無所獲。

就在我們打算放棄的時候，我瞄到離卡羅腳踏車幾呎遠的地方有個下水道的柵欄蓋。

酷綿會摔到那底下去嗎？

丹尼爾也看見柵欄蓋了。

「凱兒，我敢說它一定滾到下水道裡去了，一定在那下面，我知道的。」

我趴到路面上，透過柵欄蓋，望向漆黑的下方。

「太暗了，什麼都看不見，」我說，「必須有人下去看。」

「啊……要下去喔？或許……我可以。」丹尼爾打著哆嗦。

丹尼爾這會兒表現得眞勇敢。我知道他害怕很多東西，比如像是烏漆抹黑的下水道。

若是要他到下水道去他可能會瘋掉。

「不，我去，」我說，「酷綿比較認得我。」

我們舉起沉甸甸的柵欄蓋後，我先以運動鞋下去探探周圍的情況，不料鞋子一滑，卡到了下水道旁一道窄窄的梯子。

「我想這是下去的唯一一條路，」我輕聲說道，「我下去囉。」

我緩緩將自己沒入這個陰暗潮濕的洞裡，梯子的橫桿又濕又滑，下水道裡濕濕黏黏的沾黏物讓水道壁變得很厚。

「這地方臭死了！」我對著上頭大喊，「真不敢相信我居然會這麼做。」

吁吁……

到達下水道底之際，運動鞋不知踏上了什麼濕軟的東西。

「好噁心喔！」我尖聲大叫，馬上抬起了腳。

「妳還好吧？」丹尼爾從上頭往下喊，他的聲音聽起來彷彿在遙遠的十里之外。

「還好，」我喊回去，「我想我剛剛踩到一堆爛泥了……哇，這底下好暗喔！」

我再次用腳下去試探，這次小心翼翼的，一隻手還牢牢抓著梯子——生怕手一放，就再也找不到路回去了。

我發現下面太暗了，一定找不到酷綿。

這句英文怎麼說

我屏住呼吸，站得直挺挺的。
I held my breath and stood completely still.

接著，我聽見它的聲音。

呼嘩——啊——呼嘩——啊——

它在呼吸！

呼嘩——啊——呼嘩——啊——

是酷綿！

不過，在哪裡呢？

我屏住呼吸，站得直挺挺的，非常專心的想在這片伸手不見五指的黑暗中判斷呼吸聲的來源。

呼嘩——啊——呼嘩——啊——

在我右邊某個地方？

我知道我必須走過去把酷綿抓起來，但是要放掉梯子，讓我心裡七上八下的。最後，我決定用數腳步的方式走過去，找到酷綿後，再數相同的步數回到梯子這兒。

我用力嚥下一口口水，放開梯子，踏入黑暗之中，數起步伐。

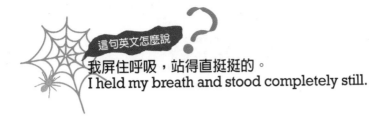

「一……二……三……四……」

呼吸聲聽起來近一點了。

「五……六……」

我停下腳步，專心聆聽。

「啊！」我對著自己喊一聲，「那陣抓地聲是什麼？」

接著我看到了眼睛，但不是酷綿小小圓圓的眼睛，而是一對對明亮的大眼睛，還好幾對呢！

牠們全都在黑暗之中、目光灼灼的盯著我。

這句英文怎麼說

我停下腳步，專心聆聽。
I stopped and listened hard.

21.

抓地聲更清楚了，牠們都抬眼看著我，黃色的眼睛在黑暗之中炯炯發亮。

我聽見某種生物爬過地板的聲音，接著有個溫暖又有毛的東西貼近了我的腳邊。

是浣熊嗎？還是老鼠？

我不想知道。另一個毛茸茸的東西也靠過來刷著我的腳。牠們全都在下水道底部抓呀抓的，不斷的聚集過來。

我強迫自己吸氣，接著轉身。

把我弄出去吧！在這些東西展開攻擊前，先把我弄出去吧！

我的運動鞋在濕答答的地上滑了一下。

「拜託、拜託，讓我找到出去的路……」我在黑暗中跌跌撞撞時，心裡暗自祈禱著。

「噢……」我的膝蓋撞到某種硬硬的東西，不禁大叫出聲，想找個東西來穩住自己，結果就抓到了梯子。

「太好了！」我高興的放聲大叫。我沒去理會抽痛的膝蓋，直接攀上滑不溜丟的樓梯橫桿，努力往上爬，爬向光亮處。

「丹尼爾──幫我出去！」我大喊。

丹尼爾俯下身來抓住我的手，把我從可怕的下水道裡拉出來。

我跌坐在人行道上，心情一放鬆，忽然覺得很想哭。

丹尼爾在我身邊坐了下來。

「妳抓到它了沒？」他著急的問，「找到了嗎？」

我把滿手的污泥往牛仔褲上擦了擦。

「沒有……」我告訴他，「沒有酷綿。」

「我應該自己下去的，」他高聲說道，「我肯定找得到。」

這句英文怎麼說

拜託讓我找到出去的路。
Please let me find my way out of here.

「你肯定會被嚇死！」我生氣的回答，「下面有好多動物，很可能是老鼠，數量有好幾十隻。」

「是啊，那當然。」他說著翻翻白眼，接著嘆氣道：「那現在我們要怎麼辦？」

丹尼爾揚腳把一顆小石子踢過街道。

我嘆了口氣。

「別擔心……我們會找到酷綿的。」

「但是要怎麼找？」他大喊，「我們連殺手都找不到，怎麼可能找得到一塊小海綿？」

我從沒見過丹尼爾如此沮喪。

「丹尼爾，警察會找到殺手的，我知道他們一定會找到的。」我柔聲的說。

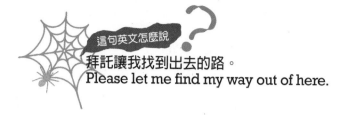

「我們一定是錯過海綿了！」他不理會我說的話，「所有的地方我們都必須再找一次。」

因此我們重新搜尋一遍，不論是街上、草地上，還是灌木叢後方、樹底下。

就在我們打算放棄時，卡羅正好出現。他走路的樣子還算好；在檢查過撞成一團爛的腳踏車後，他也加入我們搜尋的行列幫忙找了起來。

夕陽在樹林後面出現，空氣漸漸清冷下來，夜幕就快降臨了。

我在人行道上坐下來，覺得找到酷綿的希望渺茫。

百科全書上的警語不斷在我腦海中浮現。

可能嗎？裡面的說明有可能是眞的嗎？

如果我們沒找到酷綿，我的生命是不是眞的會在明天之前結束？

「在那裡！」

丹尼爾興奮的叫聲，打斷我那令人膽顫心驚的想法。

「在那裡！」他開心的大叫，「我看到了……我看到酷綿了！」

這句英文怎麼說

我的生命是不是真的會在明天之前結束？
Would my life really be over by tomorrow?

22.

丹尼爾立刻動作，全速狂奔。

「眞是太棒了！」我的心臟怦怦直跳，從人行道上一躍起身。「你是全宇宙最棒的弟弟！」

我既興奮又開心，展開雙臂摟住卡羅。

「他救了我的命——」我放聲大喊，「他救了我的命！」

「嘿——饒了我吧！」卡羅大叫，扭動身體逃開。

我飛快的跟在丹尼爾後面跑過去，看他彎下身來撿東西——一個小小圓圓、棕色的東西。

「嘿！」他大叫，踉踉蹌蹌的跟在那東西的後面。風一吹，再次把東西吹離

了他伸手可及的範圍。

「逮到你了吧！」丹尼爾大吼一聲，撲身一抓。

「把它帶過來。」我說。

「啊……」他低聲啐道，臉色一沉。「對不起，不是酷綿。」

我從他手上把東西抓過來。

「不、不是……」我難過得低聲說道。

這不是酷綿，只是個棕色的紙袋，被風一吹鼓成了球形。

丹尼爾把紙袋拋在地上，狠狠的踐踏著。

我的胃部糾結成一團，覺得很不舒服。

時間不停的流逝，我們連酷綿可能在哪裡都毫無頭緒。

淚水湧進了我的眼裡，我眨眨眼，迅速的擠掉眼淚，不想讓丹尼爾和卡羅看見我心裡有多恐懼。

驚慌湧上了我的胸口。

如果找不到那個邪惡的生物，我是不是真的會死？

這句英文怎麼說

驚慌湧上了我的胸口。
The panic rose in my chest.

媽咪和爹地坐著哭泣、想念著我的畫面突然浮現在我腦海。我也可以想像露意絲阿姨號啕大哭的場景，她會說：「都是我的錯，是我當初沒有相信她。」

我還可以想像丹尼爾一個人形影孤單、走路上學的身影。

我低頭看著丹尼爾，他意志消沉，正傷心的和卡羅一起坐在路邊。

忽然間，一個眞正駭人的想法閃現腦際——

說不定酷綿不是丟掉的。那個令人厭惡的小東西或許決定要「躲起來」，躲開我……這麼一來，它才可以施展出最邪惡的陰謀。

躲藏二十四個小時，我就難逃最終極的厄運——死亡！

卡羅從地上跳起來，嚇了我一跳。他一雙烏溜溜的眼睛閃爍著興奮的光芒，接著大叫道：「我——我想到了！」

「想到了？」我追問道，「你想到什麼？」

他對我微笑，抓住我的手。

「來，快點跟我來，我知道酷綿可能在哪兒了！」

23.

「妳知道那些和我軋車的傢伙吧？」卡羅一邊問，一邊拖著我沿著街道向前走，「就是在遊戲場鬼混的那些人啦。」

「知道，但是你問他們幹嘛？」我問。

「我敢說一定有人把酷綿撿走了，我隱約記得……」

「我們走！」丹尼爾根本沒等卡羅把話說完，便大叫一聲，跳上腳踏車，朝著遊戲場飛馳而去。

我扶起腳踏車，跟在丹尼爾後面飛快的踩踏著。

「等一下……等一下啦！」卡羅跟在我們後頭邊跑邊喊。

我們騎到遊戲場，再把腳踏車牽到棒球場，那些大孩子們通常都會在那附近

這句英文怎麼說

我可以把它要回來嗎？
Can I have it back?

逗留。

「他們在那裡。」卡羅說著，伸手指向一群正在輪流做投打練習的男孩。

「卡羅，」丹尼爾緊張的小聲說道，「那幾個傢伙很壯耶，看起來好像中學生。」

我打量著兩個站在棒球場方向的大男生。他們的頭低垂著，正看著個兒較高的男孩手裡的東西——一個小小圓圓的棕色東西。

是酷綿！

我跑上前去。

「嘿，你們好……」我以十分友善的口吻說，「我知道這聽起來有點好笑，不過各位手上拿的是我最心愛的海綿，我可以把它要回來嗎？」

高個子男孩瞇起眼來瞅著我。他算長得滿好看的，有著一雙晶燦的綠眸和過肩的直順金髮。

「妳最心愛的海綿？」他重複我的話後，露齒一笑。「抱歉，妳搞錯了吧，這應該是『我』最心愛的海綿才對。」

「不，是眞的啦。」我堅持道，「它是從那個小孩的自行車上掉下來的。」

我指指卡羅，他和丹尼爾隔著一段距離注視著我們。

「我眞的需要它。」

「妳可以證明這東西是妳的嗎？」男孩開口問道，還轉轉手裡的酷綿，「上面沒看見妳的名字啊。」

我瞇起眼睛，賞他一個最凶狠的白眼。

「你最好把它還給我，」我恫嚇道，「因爲這東西不只是個普通的海綿，它滿身邪惡，會給擁有它的人帶來厄運。」

「喔喔……我好怕喔！」他取笑道，「說不定對妳來說還眞是厄運呢，因爲妳要不回去了。」

他當著我的面揮動著酷綿，並出聲叫他的朋友。

「嘿，戴福，接住！」

他將酷綿拋給戴福。

「喏，」他強忍著笑意，「接點厄運過去。」

這句英文怎麼說

你可以證明這東西是你的嗎？
Can you prove it's yours?

「嘿，還我啦！」我跳起來想抓住酷綿，但酷綿卻從我頭上飛越而過。

他們來來回回的拋著酷綿，大聲笑著，讓酷綿在我頭上飛來飛去，連摸都摸不到。

他們玩得很樂，我卻著急得不得了。

在玩了十分鐘愚蠢的「摸不到」遊戲後，我放棄了。

沒關係，就讓他們和酷綿玩吧。

他們很快就會發現酷綿可是不理會公不公平的……

我卑鄙的想著。

退出拋接酷綿的遊戲之後，我對著兩個大男孩叫道：「你們會後悔的！」

那個金髮的傢伙聳聳肩，大聲笑了起來，接著急忙跑回去，輪到他打擊了。

他做了個超愛現的動作，直接把酷綿塞進褲子後的口袋——放那裡我是拿不到的。

他往本壘板走去，就打擊姿勢。

咻——

快速球直接命中他的頭部，只見他兩眼狂亂的翻了翻，身體搖搖晃晃，下一秒鐘便倒臥在地，一動也不動。

「救命哪！」其他的男孩們大聲呼救，「誰來救命哪！」

酷綿已經善盡本分，厄運再度降臨！

「他沒事吧？」丹尼爾問道，「他……」

我沒回答，我看見酷綿從那男孩後面的口袋滾出來，掉到地上。

我急忙往前奔，朝邪惡的海綿俯衝過去。

但是，我雙手撈到的只是乾枯的雜草而已，金髮男孩的朋友——戴福已經搶先我一步，攫走了酷綿。

「去追吧！」他大聲喊道，把小東西高高舉向天空。

這句英文怎麼說

厄運再度降臨！

The bad luck had struck again!

24.

我奮力一抓，可是戴福實在比我高太多了，所以輕輕鬆鬆就抓到酷綿。

「在這裡，拿去吧！」他說著，把東西朝我扔了過來，然後連忙跑去看他朋友。

金髮男孩坐起身來揉著他的頭。

「我沒事……」他不斷重複的說，「真的，我沒事啦！什麼東西打到我了？」

我和丹尼爾匆匆趕到我們的腳踏車旁，卡羅用跑的跟在後面。我把酷綿丟進腳踏車的籃子裡。

我騎車時籃子顛簸著，海綿的脈搏居然也猛烈的跳動著，並且開始變色，由紅轉黑，黑轉紅，跟著它恐怖的呼吸聲不斷的改變。

啪——噗，啪——噗……

酷綿高興的竊笑著。

嘻、嘻……

它表現出心滿意足的樣子，高興自己把金髮男孩擊倒了。

「你眞噁心！」我大吼一聲，「我現在就帶你回家，把你鎖回籠子裡！」

我火速的踩著腳踏車，甚至在車上伸直身軀，用盡全力的加快速度。

家……快帶我回家吧！

我狂飆衝下橡樹街，坐在腳踏車上、頭低低的往前直衝，一直加快速度的踩著踏板。

風將髮絲吹進我眼裡，我聽見丹尼爾在我身後大呼小叫的。

不過我騎得太快，風聲呼呼的吹過耳際，聽不清楚丹尼爾說些什麼。

我聽到他再次高聲疾呼，一道震耳的喇叭聲傳來，接著是尖銳的煞車聲。

我及時回頭，正好瞧見一輛體積龐大的黑銀雙色卡車滑過街道，幾乎像要撞爛蟲子一樣的撞上我。

這句英文怎麼說

我現在就帶你回家，把你鎖回籠子裡！
I'm taking you home and locking you in that cage!

25.

我猛力的踩住煞車。

卡車從我背後疾馳而過，輪胎刮過人行道，喇叭直響。

我的腳踏車一傾，瞬間急停，整個人也翻跌下來，手肘和膝蓋重重的撞向人行道。

腳踏車彈到路邊，翻覆過去；我則滾到了草地上。

卡車轉向，發出一聲尖銳的長鳴，停了下來。

只隔一尺不到的距離，但是沒有撞上我。

我顫抖的爬起來，站在路的一旁，驚嚇到無法動彈。

我轉頭看見卡車司機甩開車門。

「妳在路中間幹什麼？」他對我大吼，「我剛剛差點就把妳撞死了，妳的父母親知道妳在外面是這副德行嗎？」

太好了！

我心裡苦澀的想著。

這傢伙先是差點把我撞得稀巴爛，接著又對我破口大罵。

「對不起……」我說。

我還能說什麼呢？

只能等卡車司機退回去，把車開走。

這段時間裡，我不斷的想著：我會一輩子倒楣，永遠被厄運纏身啊！

我對著丹尼爾和卡羅大喊，讓他們知道我安然無恙。接著便往橡樹街直奔而下，再轉到楓樹街。

只剩兩間房子就到了。

於是腳下更加使勁的踩踏著。

砰——

你在路中間幹什麼？
What were you doing in the middle of the street?

前輪撞上了東西，我想應該是個破瓶子。

不料腳踏車一個顛簸，方向跟著偏掉了，我也一起摔落下來。

「唉喲！」

我大叫著，發現自己和地面親近的時間還挺多的。

我檢查腳踏車輪胎，果然破得很徹底。

厄運……永遠厄運纏身！

嘻、嘻……

我聽見酷綿奸詐的笑聲。

這聲音讓我一肚子怒火。

我踢了腳踏車一腳，不料腳趾頭卻踢到了車輪的金屬框。

「唉喲！」我痛得大叫一聲，抱住自己的腳。

又是厄運……永遠厄運纏身！

我發出憤怒的吼聲，一把抓住邪惡的海綿，用力摜在地上，接著跳回車上，騎到酷綿上頭壓過來、壓過去，來來回回，一遍又一遍。

那邪惡的生物被我壓得陷入泥土裡。

「住手！住手！」丹尼爾尖叫，把車騎上草地。「妳殺不死酷綿的，這樣只是順了它的意而已。」

我賞了他一個大白眼，盡量讓自己喘吁吁的氣息平順一點。

「妳看看，」丹尼爾大喊一聲，手一指。「酷綿甚至越來越興奮了，妳這樣是在幫它，不是在害它。」

我垂下眼去看酷綿，它的脈搏果然跳得比先前更快，醜陋的小眼睛裡閃爍著邪惡的光芒，血紅的身體在夕陽餘暉裡閃閃發亮。

嘻！嘻……

殘酷的竊笑聲劃破空氣，如同指甲劃過黑板那般刺耳。

我拉起腳踏車，推到我們家車道上，鬆手讓車子倒在柏油路上。

之後轉頭跑回酷綿旁邊，單手狠狠的把它揪起來，拎回屋子裡。

丹尼爾走在我身後，和我貼得很近。

「現在妳要幹什麼？」他問。

這句英文怎麼說

酷綿甚至越來越興奮了。
The Grool is getting even more excisted.

「你馬上就知道了。」我回答他，一路走進廚房。

我的心怦怦直跳，清楚感受到血液在太陽穴裡奔流。

我把酷綿塞進廚房水槽的排水管裡，拿了一支攪拌用的木片戳住酷綿，把它深深的往水管裡推。

丹尼爾站在我身邊，不發一語的注視著。

我把水龍頭的熱水全開，輕彈一下水槽邊的開關，並對著我弟弟微笑。

廚房絞碎機先是出現汩汩的水聲，接著嘎嘎作響。

最後變成一陣低鳴，絞碎機開始運作。

「耶——」我高興的大叫，「耶！」

幾秒鐘後，絞碎機磨到了酷綿。

「一切就此結束。」我一邊告訴丹尼爾，一邊高興的嘆了口氣。

我聽見水管清空的聲音。

「排下去了！耶——」

這時，卡羅跑進了廚房。

「發生什麼事了？」他上氣不接下氣的大聲問道，「酷綿在哪裡？」

我轉向卡羅，咧嘴一笑。

「消失了，酷綿消失了！」我笑咪咪的宣布。

接著我聽見丹尼爾的喘氣聲，只見他的嘴巴張得老大，眼睛往下直瞪著水槽。

「不……不會吧！」他的聲音好低，低到幾乎快聽不見，「它沒有消失……」

這句英文怎麼說

我低頭去看水槽。
I lowered my eyes to the sink.

26.

我低頭去看水槽，立刻明白讓丹尼爾嚇得大驚失色的是什麼事。

只見熱水漸漸回冒上來，水花噴射而出，從排水道湧上來，彷彿有東西正以極大的力量在下面推擠一般。

熱水迅速的翻騰，從水管底下滾動冒出。

它就在那裡，還是完完整整的一個，沒有損傷，只是顏色已經變成一種氣得發紫的紫色。

當我懷著驚恐無比的心情往下看時，它在水槽裡瘋狂的砰砰作響。

「不！」我尖聲狂喊，「不可能……你不可能回來的，不可能！」

我抓起濕透的酷綿，使出全力，死命的掐著它。

一道水流從這濕黏的東西裡頭被擠出來，流進水槽裡。

我擠得越用力，越能感覺到酷綿變熱了。

它變得越來越熱、越來越熱……

「噢！」熱到燙手時，我鬆手放掉它，趕快把手伸到冷水中降溫。

酷綿就停在水槽邊，愉快得跳動收縮著，用它令人膽顫心驚的眼神斜睨著我，發出一陣邪惡的冷笑聲。

「丹尼爾、卡羅，」我哀聲呻吟道，「一定有辦法殺死這怪物的！一定有辦法的，動腦筋想想呀，你們兩個！」

然而，他們只是一言不發的瞪著不斷收縮跳動的酷綿。

「丹尼爾，快想想辦法……」我在丹尼爾的面前招了招手，「幫幫我，我已經想不出其他的辦法了。」

突然間，他兩眼回神，平靜的表示道：「我有辦法了。」

丹尼爾迅速衝出廚房。

「我馬上回來。」他大喊一聲，把我和卡羅單獨留下來面對那令人厭惡的怪

這句英文怎麼說

我已經想不出其他的辦法了。
I'm all out of ideas.

物。

「我討厭你！」我對著酷綿大吼。

不過，我的怒氣似乎讓它的脈搏跳得更快。

過了一會兒，丹尼爾匆忙趕回廚房。

「這個說不定有用。」

他說著，把《奇珍異物百科全書》放在廚房的餐桌上。

「我從圖書館借回來的，我想，我們或許會用得上。」

接著，他在索引欄尋找「酷綿」。

「唉，丹尼爾，」我無力的嘆了一口氣，「書裡面和酷綿相關的部分我們全都讀過了，對我們沒有什麼幫助的。」

「但是，說不定我們錯過什麼重要的資訊呀！」卡羅也堅持道。

丹尼爾翻著百科全書的內頁。

「這部分是講殺死酷綿的方法，」他說，「我們來看看上頭說了什麼。」

他認真的讀了起來——

「酷綿是殺不死的——它無法以力氣或任何暴力的方式殺死。」

「就這樣？」我追問道，「沒別的了？」

丹尼爾把書甩上。

「沒別的了……」他沮喪的回道。「凱兒，它眞的殺不死耶！它是世界上最邪惡的生物，卻沒辦法被殺死，不能用力氣，不能用暴力的方式，什麼方法都行不通。」

「不能用力氣……」我複述著，腦袋瓜努力的轉著，「不能用暴力。」

我瞪著不斷收縮跳動著的紫色生物。

「嗯……」我忍不住微笑了起來。

「凱兒，妳怎麼了？」丹尼爾一臉疑惑，「妳瘋掉啦？幹嘛一個勁的傻笑？」

「因爲酷綿是可以殺死的，」我高聲說道，「而且，我剛剛想到辦法了！」

「啊？」卡羅訝異的喊道，「妳想到辦法了？」

「妳要怎麼做？」丹尼爾追問道，「妳殺不死它的，它老是一直活過來。」

我搖了搖頭。

這句英文怎麼說

它老是一直活過來。
It always comes back to life.

「等著瞧吧！」我回答。

在對他們說明之前，我要先好好的把計畫想清楚。

事實上，方法非常的簡單。

27.

即使再怎麼討厭，我還是把收縮跳動的酷綿從水槽裡拿起來，溫柔的捧在手裡。

我溫柔無比的輕拍這噁心東西皺巴巴的頭，用甜美的嗓音唱道：「乖乖睡，晚安，小酷綿，我愛你。沉沉的睡，小酷綿，啦啦啦，啦啦啦……」

「凱兒，妳這樣讓我很擔心耶……」丹尼爾咕噥著，「別唱了行嗎？妳已經有點錯亂了，必須去躺下來。」

不過我還是竭盡所能的以最甜美的聲音繼續唱著。

「她在做什麼？」丹尼爾問卡羅，「你知道嗎？」

卡羅搖搖頭。

這句英文怎麼說

我真的很擔心你。
I'm really worried about you.

我沒理會他們兩個，我必須集中精神才行。

我強迫自己愛憐的輕觸著酷綿，擁抱這濕濕黏黏的東西，並將它摟在臂彎裡撫慰著——就像對待一隻柔軟的小狗狗一樣。

我在它耳畔輕聲細語。

「小酷綿，可愛的酷綿，你眞好、眞甜、眞棒！我愛你喔，酷綿。」

「凱兒，拜託妳快停下來吧，」丹尼爾懇求我，「妳這樣讓我很難過，我眞的很擔心妳耶，凱兒……」

「妳怎麼可以親撫那東西呢？」卡羅也跟著追問，「那東西簡直噁心到不行耶！」

「小甜甜，酷綿，」我繼續柔聲低語道，「眞乖喔。」

我溫柔的輕擁撫慰，摸著酷綿皺皺的皮膚。

我告訴自己，如果這樣還是沒用，就沒有其他法子管用了。

「我去找媽咪和爹地過來。」丹尼爾出言威脅道，並往廚房門的方向退去。

「噓……」我把食指壓在唇上，接著指指摟在我臂彎裡的酷綿，「你們看哪！」

酷綿激烈的收縮已經緩和下來，只剩下溫和的脈動。

我繼續唱著，聲音更加輕緩、溫柔而甜蜜。

在一陣驚訝聲中，我們看見酷綿的顏色漸漸褪去，由大紅轉爲粉紅，接著，終於回復它原來的暗沉棕色。

「哇啊！」丹尼爾吹了一聲口哨。

「繼續看。」我說著緊緊抱住酷綿，又唱了另外一首搖籃曲。

酷綿發出一聲低低的嘆息。

我看見它在縮小，並在我的懷中慢慢的乾掉。

它的眼睛閉上了，乾巴巴的棕色皮膚將它們蓋上。

「它……它越來越衰弱了，凱兒。」丹尼爾興奮得輕聲說道。

「繼續看著。」接著，我繼續溫柔的對酷綿說：「喏，小酷綿，你眞是甜蜜可人的酷綿喔。」

我像搖小寶寶一樣的搖著它。

酷綿的呼吸逐漸變慢、再慢……直到停止。

酷綿了無生氣的癱在我手裡，無聲無息的，不再收縮，也沒有顫動。

「現在，你們看！」我高聲對丹尼爾和卡羅宣布。

我把皺巴巴的海綿舉到面前，獻上一個大響吻。

這句英文怎麼說

繼續看。

Keep watching.

28.

兩個男生做出嫌惡的表情，但是我清楚自己在做什麼。

我把酷綿從臉上放下來，仔細的加以審視。

「啊……」海綿發出一聲長長的低嘆，之後縮成一個小小的球。

我深深吸了一口氣，接著吹氣。

小小的球霎時四分五裂，乾掉的棕色海綿碎片在空氣中翻飛。

我注視著羽毛般的碎片一片片飄落到地板上，然後在毛巾上擦了擦手。

「大功告成。」

「它——消失不見了！」卡羅高聲說道。

「這是怎麼發生的？」丹尼爾問。

這句英文怎麼說

我深深吸了一口氣，接著吹氣。
I took a deep breath and blew.

「嗯，是你幫忙提供的靈感。」我告訴他。

「我？」

「沒錯，」我回道，「就在你高聲讀出百科全書裡關於酷綿無法用力氣或暴力方式殺死的時候。」

我對著他微笑道：「我一直在心裡複誦那段話，終於靈光一現。」

「什麼靈光一現？」卡羅問。

「我知道酷綿無法以力氣或暴力方式殺死，但是如果反其道而行呢？我想自古以來從沒有人對酷綿好過……」

兩個男生露出迷惑的眼神，不發一語的注視著我。

「於是我就產生靈感了，摧毀酷綿的祕訣就是要對它好。」我繼續說道，「這個方法果然有效！酷綿太壞了，所以不能忍受人家愛它。」

「哇！」卡羅呼出一口氣。

「太好啦！」丹尼爾尖叫道，「我很榮幸能幫妳想出這個方法。」

「是呀，家裡有個天才眞棒耶！」我諷刺道。

我把手伸到後面口袋，掏出奶奶寄給我當生日禮物的十二塊錢。

「我們去吃冰淇淋慶祝，你們說好不好？」我面帶笑容提議道。

「太好啦！」兩個男生一起高興得大叫。

「也許我們從現在起就要改運啦，」我告訴丹尼爾，「我敢打賭，我們會變成這一區最幸運的人家。」

緊接著，我又聽見了那種聲音，那種熟悉又令人心生恐懼的呼吸聲。

我轉身面對著門。

「那是什麼？」我大喊一聲，整顆心往下沉，「你們也聽見了嗎？」

是的，我們全都聽見了。

我覺得喉嚨乾澀，一陣涼意竄上背脊。

呼吸聲變得更大，也更接近了。

「我沒殺死它，」我哀號道，「它……它回來了！」

這句英文怎麼說

也許我們從現在起就要改運啦。
Maybe our luck will change now.

29.

丹尼爾抓住我的手，我看見他臉上的恐懼。

卡羅從門邊往後退了一步，直到碰上廚房的流理檯。

我們三個在廚房裡縮成一團，嚇得不敢動，害怕得不敢去看。

「我們沒有選擇，」我終於擠出一句話，「如果它回來，我們還是得讓它進來。」

我做了個深呼吸，兩腿重得好像鉛塊一般，但我還是強迫自己走到後門。

當我伸手去摸門把時，雖然全身顫抖，還是猛力將門拉開。

「噢——」我發出震驚的叫聲。

殺手抬起眼睛看著我，牠的呼吸聲很大，尾巴熱烈的搖擺著。

「殺手！」我高興得喊出聲來，「你回來了！」

我彎下身去抱牠，但狗狗跑過我身邊，進到廚房去。

丹尼爾發出快樂的叫聲，把全身亂扭一通的狗兒摟進他的懷裡。殺手還用濕濕的舌頭大舔丹尼爾的臉。

「我們改運啦！」我高興的宣布道，並看著外面。

哇！一片綠油油的健康草皮覆蓋著地面，低垂的花朵重新仰起頭，綻放出絢爛、繽紛的色彩。

酷綿的邪惡影響似乎都已經消失了。

我抓住殺手，用力的抱住牠。

「殺手，」我柔聲輕哼著，「我們擺脫酷綿囉！」

「來吧！」丹尼爾喊道，「吃冰淇淋的時候到了！」

我把殺手放回地上，親親牠的頭。

「我們很快就回來了，小子。」我說道。

「往冰淇淋店出發！」丹尼爾飛也似的衝出去，嘴裡還嚷嚷著：「比賽開始。」

這句英文怎麼說

我們要三個人的桌位。
Table for three.

「贏的人可以吃三層聖代。」他一面往街上跑，一面大聲喊著。

我和卡羅跟在丹尼爾後面飛奔出去，我的雙腿使勁的跑著，一馬當先。

但最後一刻，丹尼爾居然把我擠掉，搶先摸到了餐廳的門。

「我贏啦！」丹尼爾高興的喊道。

我們很快的走進冰淇淋店。

「我們要三個人的桌位。」丹尼爾面帶微笑的說。

女服務生帶我們坐下，遞上菜單後，動手抹起桌子……而且用的是海綿！

「好噁！把那種東西弄出去。」丹尼爾尖聲說道。

女服務生一副不解的表情，不過，我們都哈哈大笑了起來——近幾個禮拜來，這還是頭一遭呢！

「別管我弟弟說的話，」我說，「他對海綿有意見。」

丹尼爾在桌子底下踢了我一腳，我則重重的回捏他一把。

女服務生翻翻白眼，才幫我們點冰淇淋。

當我們挖冰淇淋吃的時候，我才發現自己有多餓，以及有多高興！

酷綿終於消失——永遠消失了！

我們吃到撐斃了，幾乎是用滾的回家。

「殺手——過來，小子！」我推開後門，走進廚房。

「嘿，殺手，過來呀！你看到我們高不高興啊？」

殺手沒有轉頭，牠站在水槽前一邊咆哮，一邊搖尾巴，鼻子還頂著櫥櫃的門，想把門推開。

「好啦，殺手，我們已經吃完冰淇淋，現在該是你大快朵頤的時候了。」我說。

我放下一盆新鮮的狗食，還加上不少昨晚剩下的小片火雞肉。

「來吧！殺手，吃晚飯囉。」

但是，牠繼續對著水槽下的櫥櫃低聲咆哮。

怎麼回事？殺手從來不曾放著食物走開啊……

「殺手，」丹尼爾說，「你在那裡做什麼？殺手。」

我彎身去拍拍狗狗的背。

這句英文怎麼說

你看到我們高不高興啊？
Aren't you glad to see us?

「殺手，裡面沒東西啦，酷綿不在了。」

但殺手還是繼續咆哮個不停。

「好吧、好吧！」我幫狗狗打開櫥櫃的門。

「看見了嗎？」

殺手把頭擠進去。

我揪住牠頸子上的項圈，把牠拉出來，牠的嘴裡還叼著個東西。

「那是什麼東西呀？小子。」丹尼爾問。

殺手將牠發現的東西掉落在地，抬起眼來看我。

我撿起來看看。

嗯……硬硬的，凹凸不平。

「是什麼東西啊？」丹尼爾走近問。

我放心的呼了一口氣。

「沒事的，只是一顆馬鈴薯。」

我把東西交給丹尼爾，卻被一種尖利的東西刺到手指頭。

「哎喲！」我大叫出聲，嚇了一跳，將馬鈴薯在手裡轉了轉。

這東西摸起來暖暖的，我感覺到它在呼吸。

「丹尼爾，我不喜歡這東西的長相。」我低聲說道。

這個馬鈴薯有一張長滿利齒的嘴……

我們家是個正常又快樂的家庭。
We were a normal happy family.

我有專屬的陽台！
My very own private porch!

卡羅是丹尼爾最要好的朋友。
Carlo is Daniel's best friend.

你是超級大蠢蛋。
You are super-dumb.

我跪在水槽下的櫥櫃前。
I knelt down in front of the cabinet under the sink.

同一個把戲被騙兩次！
Twice on the same trick!

我將海綿拿高，靠近我的臉。
I held the sponge up close to my face.

我才不會告訴大家你是我弟弟。
I won't tell them you're my brother.

海綿是屬於我的！
The sponge belongs to me!

我的頭撞到水槽了。
I hit my head on the sink.

多謝你幫我惹麻煩。
Thanks for getting me in trouble.

我必須把這大廳的燈搞定。
I've got to get this hall light working.

我想我沒事。
I think I'm okay.

你為什麼要推梯子呢？
Why did you push the ladder?

我在垃圾桶裡找到的。
I found it in the garbage can.

告訴你的朋友不要再煩我了。
Tell your friend to quit bugging me.

我們也不知道你是什麼生物！
We don't know what kind of creature you are, either!

這釘子是哪來的？
Where did a nail come from?

你怎麼可能忘記呢？
How could you forget?

這將會是我最棒的生日派對！
This is going to be my best birthday ever!

我要拿給范德芙老師看。
I'm going to show it to Mrs. Vanderhoff.

我打賭你跳不了這麼高！
Bet you can't jump this high!

我有東西必須請您看看。
I have to show you something.

這只是一塊普通的廚房用海綿。
This is an ordinary kitchen sponge.

我必須到醫護室！
I've got to get to the nurse's office!

你的照片也在裡面嗎？
Is your picture in there?

酷綿是古代的神話生物。
The Grool is an ancient and mythical creature.

我飛快的閱讀相關敘述。
I quickly read the description.

- 神話生物是不存在的。
  Mythical creatures don't exist.
- 門在兩人身後重重甩上。
  The door slammed shut behind them.
- 這麼做或許會讓你收手！
  Maybe this will stop you!
- 酷綿的顏色為什麼會改變？
  Why did the Grool change color?
- 我該把這個海綿生物交給卡羅嗎？
  Should I give the sponge creature to Carlo?
- 現在誰才是膽小如鼠的人？
  Now who's the scaredy-cat?
- 我們恐怕得取消你的派對。
  I'm afraid we'll have to cancel your party.
- 所有事情都不對勁！
  Everything's going wrong!
- 丹尼爾沉默的將海綿遞給我。
  Daniel silently handed the sponge to me.
- 我想我們就要改運了。
  I think our luck is going to change now.
- 我們再也不會見到酷綿了。
  We'll never see the Grool again.
- 只是在院子裡晃晃。
  Just fooling around in the yard.
- 我閉上眼睛許願。
  I shut my eyes and made my wishes.
- 以後一切都會很棒的。
  Everything is going to be great.

我有其他選擇嗎？
Did I have a choice?

它在嘲笑我！
It was laughing at me!

她愛穿長長的花洋裝。
She wears long, flowery dresses.

既然是神話，就表示它不存在。
If it's mythical, that means it doesn't exist.

你真的騙到我了喲！
You really had me fooled!

他高興個什麼勁兒呀？
Why was it so pleased with itself?

酷綿再度張著眼睛瞪著我。
The Grool stared up at me again.

卡羅早餐後會過來。
Carlo's coming over after breakfast.

我的問題對你而言太難了，是不是？
Was my question too hard for you?

它是怎麼逃掉的？
How had it escaped?

你想他會去哪裡？
Where do you think he went?

我們必須把酷綿要回來。
We had to get the Grool back.

就在我腳踏車的籃子裡。
Right there in my bike basket.

必須有人下去看。
Somebody will have to go down there.

我屏住呼吸，站得直挺挺的。
I held my breath and stood completely still.

我停下腳步，專心聆聽。
I stopped and listened hard.

拜託讓我找到出去的路。
Please let me find my way out of here.

我的生命是不是真的會在明天之前結束？
Would my life really be over by tomorrow?

驚慌湧上了我的胸口。
The panic rose in my chest.

我可以把它要回來嗎？
Can I have it back?

你可以證明這東西是你的嗎？
Can you prove it's yours?

厄運再度降臨！
The bad luck had struck again!

我現在就帶你回家，把你鎖回籠子裡！
I'm taking you home and locking you in that cage!

你在路中間幹什麼？
What were you doing in the middle of the street?

酷綿甚至越來越興奮了。
The Grool is getting even more excisted.

我低頭去看水槽。
I lowered my eyes to the sink.

我已經想不出其他的辦法了。
I'm all out of ideas.

它老是一直活過來。
It always comes back to life.

我真的很擔心你。

I'm really worried about you.

繼續看。

Keep watching.

我深深吸了一口氣，接著吹氣。

I took a deep breath and blew.

也許我們從現在起就要改運啦。

Maybe our luck will change now.

我們要三個人的桌位。

Table for three.

你看到我們高不高興啊？

Aren't you glad to see us?

給你一身雞皮疙瘩！

千萬別睡著！
Don't Go to Sleep!

現在不是打瞌睡的時候！

麥特痛恨他窄小的房間。它好小，簡直就是個櫥櫃！
但是，麥特的媽媽拒絕讓他睡在客房，畢竟他們可能會有
客人來。一天深夜，當每個人都就寢後，
麥特偷偷溜進客房，在那兒睡著了。
但當他醒來時，整個人生都天翻地覆，而且越變越糟。
因爲每次入睡後，他都會在一個新的惡夢中醒來。

禮堂的幽靈
Phantom of The Auditorium

布幕拉起，登場的究竟是……

布魯克最好的朋友柴克被分派飾演學校話劇主角，
也就是幽靈的角色。但是接連發生幾件可怕的事情——
布魯克的置物櫃裡無端出現警告字條、
排練時舞台樑柱上盪下了來歷不明的幽靈……
有人想要毀了這齣戲嗎？
或者，舞台底下眞的住了個幽靈？

每本定價 199 元

雞皮疙瘩系列 32

海綿怪客

原著書名——It Came From Beneath the Sink!
原出版社——Scholastic Inc.
作　　者——R.L. 史坦恩（R.L.STINE）
譯　　者——陳芳智
責任編輯——劉枚瑛、何若文
文字編輯——艾思

國家圖書館出版品預行編目 (CIP) 資料

海綿怪客 / R. L. 史坦恩 (R. L. Stine) 著；陳芳智 譯．
-- 2 版．-- 臺北市：商周出版：家庭傳媒城邦分公司發行，
民 105.07 176 面；14.8 x 21 公分．--（雞皮疙瘩系列 ;32）
譯自：It Came From Beneath the Sink!
ISBN 978-986-477-042-7(平裝)
874.59　　105010039

版　　權——翁靜如、吳亭儀
行銷業務——林彥伶、石一志
總 編 輯——何宜珍
總 經 理——彭之琬
發 行 人——何飛鵬
法律顧問——台英國際商務法律事務所 羅明通律師
出　　版——商周出版
臺北市中山區民生東路二段 141 號 9 樓
電話：(02) 2500-7008 傳真：(02) 2500-7759
E-mail：bwp.service @ cite.com.tw
發　　行——英屬蓋曼群島商家庭傳媒股份有限公司城邦分公司
臺北市中山區民生東路二段 141 號 2 樓
讀者服務專線：0800-020-299 24 小時傳真服務：(02)2517-0999
讀者服務信箱 E-mail：cs @ cite.com.tw
劃撥帳號——19833503 戶名：英屬蓋曼群島商家庭傳媒股份有限公司城邦分公司
訂購服務——書虫股份有限公司客服專線：(02)2500-7718；2500-7719
服務時間：週一至週五上午 09:30-12:00；下午 13:30-17:00
24 小時傳真專線：(02)2500-1990；2500-1991
劃撥帳號：19863813 戶名：書虫股份有限公司
E-mail：service@readingclub.com.tw
香港發行所——城邦（香港）出版集團有限公司
香港 灣仔 駱克道 193 號東超商業中心 1 樓
電話：(852) 2508-6231 傳真：(852) 2578-9337
馬新發行所——城邦（馬新）出版集團
Cité(M) Sdn. Bhd. 41, Jalan Radin Anum,
Bandar Baru Sri Petaling, 57000 Kuala Lumpur, Malaysia.
電話：(603)9057-8822 傳真：(603)9057-6622
商周出版部落格——http://bwp25007008.pixnet.net/blog
行政院新聞局北市業字第 913 號

美術設計——王秀惠
印　　刷——卡樂彩色製版有限公司
經 銷 商——聯合發行股份有限公司 新北市 231 新店區寶橋路 235 巷 6 弄 6 號 2 樓
電話：(02)2917-8022 傳真：(02)2911-0053

■ 2005 年（民 94）02 月初版
■ 2021 年（民 110）11 月 04 日 2 版 2 刷
■ 定價 / 199 元

ISBN 978-986-477-042-7

Printed in Taiwan
城邦讀書花園
www.cite.com.tw

Goosebumps®

Goosebumps®